美丽的凶器

うつくしききょうき

〔日〕东野圭吾 著

花超 译

南海出版公司

新经典文化股份有限公司
www.readinglife.com
出　品

1

她褐色的手指抓住调整到双肩正前方的杠铃。

少女坐在椅子上，挺直脊背，做了三次深呼吸。就在第三次呼吸即将结束时，她一下子绷紧全身肌肉。一声野兽般的低吼从她喉咙深处迸发出来。

紧接着，她高高举起双臂，绷起的肌肉闪着黝黑的光泽。她似乎由于痛苦而眉头紧蹙，又像是在享受。

少女把杠铃放低到原来的位置，又重复了一遍刚才的动作。伴着轻微的呼吸，肌肉有节奏地伸缩着，渐渐渗出了汗珠。

做了十次之后，她的节奏有些乱了，但仍然坚持做完了十二次。

“Good!”

一旁的男人发出了赞许，但并没有将视线从电脑屏幕上移开，那台电脑和支撑杠铃的器械相连。

“力量和速度都有所增加。明天我们还要再增加重量。”

听到赞扬，少女发自内心地笑了起来。

这是一个微显昏暗的房间。

不，或许这里不应被称为房间，它有一百平方米以上，里面摆放着各种各样的训练器械。

“好！下一个！”

听到男人的话，少女站了起来。她走到一台锻炼腿部肌肉的器械前，坐在椅子上，将双腿抬起放在前方，当腿的后侧感到重力时，她开始向反方向用力。

男人看着坐在器械上的少女，开始操作电脑。空气加压带来的重力，使少女的双腿被压得更弯了。

但这样的负重对少女来说也不困难。她半张着嘴，将力量集中在肌肉上，长长的双腿似乎没有感觉到任何压力，便轻松地伸直了。如此往复，少女又把同样的动作重复了十二次。

少女一个接一个地换着器械，她的身体散发着蓬勃的生机，不断冒出汗水。房间里开着空调，但仍然闷得透不过气来。

终于做完了所有的器械练习，少女朝男人走了过来。她挺起胸，双手高高上举，做了一个倒立，紧接着又反转身体，使双脚在头部前方着地。在地板上站稳后，她缓缓立起上半身。一连串的动作既像软体动物一般柔软，又像机器人一样准确。

“太棒了！”男人将视线从电脑屏幕移向少女，“一切都比预想顺利。完美！”

少女稍稍后仰，利用反作用力轻柔地弯曲手脚，向前翻了两个筋斗。她的动作没有发出一丝声响，就像慢动作一样流畅。褐色的身体翻转了两次后，到了男人面前。

少女跪了下来，男人则站起身。即便如此，两人的脸也几乎处于同一水平线上。男人搂住少女的脖子，少女也用长长的双臂圈住了男人的后背。

"再过不久，我们的辛苦，尤其是你的辛苦就要得到回报了。"男人在少女耳边喃喃说道，"黑暗中的生活就要结束了。你将迎来光明的前途，然后去改变世界。虽然多少还会遇到些麻烦，但没有过不去的难关，我也会为你竭尽全力。你为我奉献了一切，我只有那样做才能报答你的爱。"

少女闭上眼睛。男人正要亲吻她的嘴唇，不知哪里的电子仪器发出了声响。男人停止了动作，少女也睁开了眼睛。

"好像来客人了。都这么晚了。"

男人说着转过身，回到刚才的地方。在他的操作下，刚才还在显示训练器械数据的屏幕转换成了摄像机镜头的画面，出现了院子里的景象。随着男人的操作，镜头移动起来，画面中渐渐出现了几个人影。

"是他们。"

男人撇了撇嘴。那些人的到来在他意料之中。

"我出去看看。既然客人来了，主人不出面迎接未免失礼。"

男人拿起桌上的钥匙，朝门口走去。少女仍跪在垫子上没有动弹。

"我去去就回。"

话音未落，男人开门走出。那是一道牢固的金属门。男人轻轻地关上门，然后上锁。

2

横穿院子时，有介下意识地感到有人正在暗处窥视他们。那个人！他应该装了监控摄像头。靠近建筑后，他迅速查看四周，没发现类似摄像头的东西。

“怎么啦？”翔子压低声音问道。

他摇了摇头。“没什么。”

事已至此，再提摄像头也无济于事。他们已无路可退。

“喂，准备好了吗？要动手了！”润也看到有介和翔子向他点了点头，便拍了拍身边拓马的肩膀。“拓马，看你的了！”

拓马默不作声地面朝墙壁，蹲下了庞大的身躯。润也跨过他的脖子站在他肩上，他双手攀着墙站了起来。对他来说，润也的体重不值一提，他的腰腿没有一丝摇晃。

“好了，上来吧。”润也朝底下说道。

有介闻声起身，和拓马背对背站在一起。他将双臂抱在腰前，对翔子说道：“翔子，好了。”

翔子后退几步，开始轻巧地助跑，在距有介一两米处一跃而起。就在她的脚蹬在有介臂上的一瞬间，有介顺势将她向上一抛。借着向上腾起的力量，她一个前空翻，轻盈地落在润也的肩上。

“干得好！”

翔子旁边有一个露台。看到翔子像猴子一般敏捷地攀上去后，站在下面的有介朝她扔了一根绳子。

“不愧是世锦赛的获奖选手。”润也跳下拓马的肩膀，说道，“如果女子体操里有‘小偷’项目，金牌一定非翔子莫属。”

有介闻言提醒道：“还没成功呢。”他边说边攀上绳索。绳索上打着一些结，可以帮助攀登，有介很轻松地爬了上去。

“门果然锁着。”

翔子指着铝制窗框的玻璃窗说道。

“肯定会上锁。”

有介边说边从腰包里拿出工具，在窗锁边用玻璃刀划出一个直径约二十厘米的圆。他在圆形痕迹上贴上胶带，拿出一把塑料小锤敲击。不一会儿，圆形痕迹的中间裂开了，因为有胶带粘着，几乎没有掉落碎片，再加上房间里铺着地毯，即使有些细小的碎片掉落，也没发出很大的声响。

有介非常小心地揭下胶带，把手伸进破洞打开窗锁。窗子一打开，有介和翔子就钻过窗帘进入房间。

“我去开大门，把楼下的两个人放进来。”跟在后面的翔子说着便去开门。

有介打开手电筒四下查看。墙边立着不锈钢书架，上面摆满书和文件夹。这里的摆设与这幢建筑的外观给人的感觉明显不同，没有一件装饰家具，似乎只是为了保存资料。

究竟能不能从这些资料中找到想要的东西呢？

想到这里，有介的心情跌到谷底。这样的寻找无异于大海捞针，况且同样的房间不知还有多少个。

“喂，怎么啦？”

听到背后的说话声，有介回过神来。润也正站在背后低头看着他，一副担心的神情。他旁边站着翔子，后面是拓马。

“你们看看吧。”有介用手电筒在房间里照了一圈，“你们觉得能从里面找到我们的东西吗？而且只有今天一个晚上。”

三个人似乎察觉了他的言外之意，沉默良久，伫立原地。

“可是，我们只能干下去。”拓马最先打破了僵局，“如果找不到，我们就完了。”

压抑的语调中不带丝毫感情，听起来却比充满感情的表达更有说服力。

“对，只能干下去了。”润也也应和道，“我们别无出路。”

“开始找吧。”翔子最先走向近处的文件柜，那里有数十层抽屉。几乎在她拉开最上层抽屉的同时，几个男人也行动起来。拓马和润也朝书架走去，有介开始检查书桌。书桌的材质并不是那种高级木头，而是不锈钢，很显然主人注重的是功能。桌面上摆放着电脑和一些连接设备。

正像他们说的，现在除了寻找，他们别无选择。

有介一边回想刚才的讨论，一边拉开书桌正面的抽屉。忽然，房间亮了起来。

“诸位，抓贼游戏到此结束！”

有介大吃一惊。他循声望去，看到门口站着一个矮个男人。男人头上没有一根头发，鼻子下方却蓄着白色的胡须，瘦削的面颊上刻满皱纹，一双小眼睛深陷其中。

“好了，现在，请从我那些宝贵的资料旁边滚开！对于你们来说，那些资料或许不过是些废纸片，可是对我来说，它们可都是里程碑！”

矮个男人从长袍口袋里掏出手枪。四个人都知道，此人绝非简单地威吓，他真的会开枪。润也首先举起双手离开书架，拓马、翔子和有介也都举起了手。

“这就对了，识时务者为俊杰，对你们这些运动员来说，学会勇敢地面对失败也很重要。”

“你想把我们怎么样？”

听到润也的问话，矮个男人抽搐着笑了起来，脸上的皱纹显得有些扭曲。

“是啊，该怎么办呢？我可以把你们交给警察，但那没什么意思。再说我也不愿被低能的警察盘根问底。让我想想，把你们交给各自所属的协会怎么样？那些人看到曾经让他们引以为豪的著名运动员竟做出这等毛贼勾当，会露出怎样的表情啊。丹羽君、日浦君，以你们田协主席那样的高龄，听了这个消息恐怕会心脏病发作吧。”

“你知道那样做会有什么后果吗？”有介不禁反唇相讥，“大家会问我们为什么要来这里，如果我们把真相说出来，你也脱不了干系！”

“那么，你们到底会不会把真相说出来呢？”矮个男人笑着反问，“依我看，你们以那样的身体换来的，正是你们的人生，那可不是轻易能够放弃的东西。”

“就算我们不说，真相迟早也会暴露。现在已经有人开始调查了。”

“你说的是前几天小笠原自杀的事情吧？”男人把目光转向翔子，皱了皱眉，“那是个意志软弱的家伙，身体素质差，精神也脆弱得不堪一击，我真是看错他了。”

“他不是你说的那样。”

“他就是个软弱的人。不管怎么说，他竟然去自杀！真是出人意料。你们也没料到吧？你们是因为这件事才偷偷跑到这里来的吗？”

“我们只要你老老实实地把数据交出来。”

润也朝前迈了一步，男人立刻将枪口对准他。

“我说过了，这里所有的东西都是我的里程碑，我才不会把它交给你们。”

“要是调查组来强行搜查，看你怎么办！”

男人听了有介的话，连连点头。“哦，原来你们是怕这件事。”

“你不怕吗？”

“我？”男人靠在墙上，但依旧举着枪，“我可不一样，或者应该说，现在已经不一样了。”

“有什么不一样的？”

“我的功绩该公布了，这样做也是为了让那些视我为异端的人早日清醒。”

“你以为你做过的那些事就这么算了吗？”

“多少会招致些非议吧，但仅此而已，我什么都不会失去，因为我和你们不一样，你们可是有奖牌和荣誉在身。”

“原来如此。”润也气得脸颊有些扭曲，狠狠瞪着男人说道，“原来你早有预谋，你在等待时机，让一切都真相大白，我们也被你利用了。”

“利用？这传出去可不大好听。你们的理想难道没有实现吗？安生君，不要轻举妄动！你离我这么近，就算我拿着枪也会感到不安。”

男人用枪阻止了拓马。原来不知不觉中，拓马已离他很近，似乎要伺机扑上去。

“好了，谈话到此为止。你们全都给我出去。”

男人挥了挥枪，又用下巴指了指门的方向。翔子第一个走出房间，拓马、有介、润也跟了出来。

门口连着一条走廊，从那里可以看到一楼的门厅。楼顶吊着一个巨大的吊灯，右边是楼梯。

“双手抱在脑后，慢慢地下楼。”

四个人不得不听从命令朝楼下走去，男人跟在最后面。有介环视了一下门厅，房间里的摆设都是古董，给人古典雅致之感。钟摆的高度看上去将近两米，房子中央甚至还有一个壁炉。墙壁上挂着几幅镶框的画，看上去都颇有来头。这里和刚才那间书房简直有天壤之别。

“好了，站住。”

男人边说边走向写字台。那写字台看上去非常陈旧。他拉开有金属装饰的抽屉，拿出一卷胶带。

“佐仓，我要你用这个把你朋友们的手捆起来，捆得紧些，不许耍滑！”

男人把胶带朝翔子踢去。翔子稍一犹豫，捡起了胶带。

“把他们的双手放到背后，捆住手腕。还有，安生君嘛，把他的双脚也捆上。我虽不愿意这样做，但不消灭重型坦克的战斗力，还是无法放心。”

翔子遵从指令，开始往几个人的手腕上缠胶带。有介能感觉到，为了让他们尽量自由，翔子绑得很松，但随着胶带一圈圈地缠绕，他的手腕已动弹不得。

矮个男人一边监视翔子的动作，一边拿起无绳电话。

“都半夜了，还打什么电话？”

润也生硬地扔出一句。矮个男人挑了挑眉毛。“正是因为半夜，有紧迫感才好。我想各协会的负责人不会认为这只是个玩笑吧。嗯，安生君，先给你的举重协会打怎么样？”

男人似乎很清楚电话号码，径直单手按起键来。

正在这时，手脚都被捆住、连站立都很困难的拓马轻声嘟囔了一句：“大家向后退一步。”

有介吃惊地看着他，拓马镇定地重复了一遍：“向后退！”

有介照做了，润也和翔子依样行事。正在按键的男人察觉到了他们的动作，转过视线。

“你们在干什么！”

就在这一瞬间，拓马蜷起庞大的身躯蹲了下来。他用捆在背后的手抻起地毯一端，猛地一拉，地毯上摆放的落地灯倒了下来，写字台也被拽得移动了很远。矮个男人失去平衡，顿时仰倒在地。

不能放过这个绝好的机会！有介撞向想爬起来的男人。男人再次摔倒在地，而几乎就在同时，润也看准从男人手中掉落的枪，一脚踢飞。他刚想踹向那人，忽然表情痛苦地蹲了下来。

“润也！”

有介刚叫出声，便觉得被什么东西从背后猛地一击，紧接着感到一阵酥麻，力气尽失。矮个男人迅速站了起来。

“都不许动！”

男人叫喊着。他手中握着一个黑色的小器械。有介知道，那是电棍，一种通过电击吓退敌人的工具。它似乎一直藏在男人的长袍口袋里。

“真是不可掉以轻心啊。你们毕竟和普通人不一样。不过，捆住安生君的腿脚可真是明智。”

由于刚才拉拽地毯的惯性，拓马倒在地上无法爬起，他狠狠地瞪着矮个男人。

矮个男人抹了抹嘴唇，从写字台上抄起一个铜质鸟形镇纸，朝刚要爬起的润也头上砸去，润也呻吟着又一次倒在地上。接着，有介的肩膀也遭到重击，极度的疼痛让他连出声的气力都没有了。

“扔掉武器！”就在这时，房间里响起了尖利的叫声，是翔子！她双手握枪而立。

矮个男人脸上闪过一丝紧张，但立刻就变成了鄙夷的笑容。

“那可不是玩具，来，快还给我吧。”

“你没听见吗？扔掉武器！”

在翔子歇斯底里的叫喊声中，矮个男人扔掉了镇纸，但右手仍握着电棍。他伸出左手，向翔子靠近。

“你从来没有开过枪吧？以你现在这样的姿势，子弹不知会飞到哪里，弄不好会伤到你的朋友哦。”

“别过来！再过来我就开枪了！”

有介明显感觉到翔子握枪的手在颤抖。男人似乎也看出翔子根本不可能扣动扳机，他加快了步伐。

“来，听话，乖乖地把枪给我。”

男人的手与枪已近在咫尺，可翔子全身就像僵住了一样，根本无法开枪。

“别给他！”

拓马大喊。男人转过头恶狠狠地看着他。就在这时，有介站起身，向着男人的腿部做了一个滑垒动作。男人随即倒地，电棒从手中掉落。他正要去捡，有介向上一踢，脚尖正踢中他下巴。男人向后一仰，血从嘴里流了出来。

“浑蛋！”

男人面目狰狞地向翔子扑了过去。

“别过来！”

“把枪给我！”

正在男人拼命想夺枪时，响起了一声尖厉的枪声。他的身体在空中翻转，倒在地上。子弹打中了他的肩膀，血涌了出来。看着眼前的一切，翔子的身体更加剧烈地颤抖起来。

矮个男人捂着肩膀站了起来，恶狠狠地再次扑向翔子。翔子紧紧闭上眼睛，又一次扣动扳机。一股火焰从枪口喷出，男人直直向后倒下。

子弹打中了胸口。

男人抽搐几下，再不动弹。

沉默持续了几秒钟。有介只能听到粗重的喘息。他不知是谁发出的，也许正是他自己。

“啊！啊……”翔子逐渐恢复了意识。她扔掉枪蹲下身，脸色苍白得像石膏一样。

“翔子，快帮我解开胶带！”拓马镇静地喊道，“翔子，快点！”

翔子浑身颤抖着转头看向拓马，像上了发条的人偶一样机械地站了起来。她的膝盖抖个不停，连走路都很困难。

翔子僵直的手指显得极其笨拙，费了很长时间才帮拓马解开。

她似乎精疲力竭，一动不动瘫坐在地。拓马见状便跑到有介和润也跟前，解开了他们手上的胶带。

这时，润也终于清醒过来。“到底发生了什么？”

没人回答。看到倒在地上的矮个男人和翔子的样子，润也似乎明白了发生的一切，没有追问。

“无论如何，”有介开口说道，“无论如何，我们先把该做的做完，再考虑怎么处理尸体。”

拓马附和道：“我也同意，不管怎么说我们都要实现来这里的目的。”

“好，还是去二楼吧。”润也说着率先走上楼梯，刚才被砸到的地方仍隐隐作痛，他按住后脑转动脖子。拓马也上了二楼。

有介回头看了看翔子，她仍精神恍惚地坐着。

“走吧。”有介伸出手。翔子盯着有介的手看了好一会儿才抓住，像正发着高烧，勉力站了起来。

“我杀人了……”

“别想了，刚才是迫不得已。”

有介拉着翔子朝楼上走去。

四人在二楼找了约两个小时，却不清楚究竟想找什么。目标是与他们相关的信息，可他们根本不知道，那些信息到底在文件里还是在软盘中。

“休息一会儿吧，我的头有些痛。”一直蹲着逐个翻查抽屉的润也站起来转了转脖子，放松了一下肩膀，又向拓马说道：“拓马，你也休息一下。”

“没时间了！”

拓马翻着文件夹里的文件，语气很生硬。在他面前的书架上，那样的文件夹还有几十个。

润也叹了口气转向有介。“你那里怎么样？找到有用的东西了吗？”

一直在书桌附近翻找的有介，坐在椅子上无力地摇摇头。“什么也没找到。软盘也查了，净是无关紧要的内容。”

“哦。”润也抱起双臂，抬头望着天花板。一片沉默中，只听到拓马翻查文件的声音。

“我们花了两个小时，只看了这里所有东西的四分之一，如果想看完，肯定要到天亮了。到时有人来了怎么办？”

“要不先把尸体藏起来？”有介说，“那样我们就可以慢慢找。要是有两天，总会找到的。”

“谁知道能不能那么顺利。那个人一失踪，可能会引起轩然大波。”

“唉，说得也是。”

有介不知说什么好，只有沉默。似乎只有找到想要的东西，他们才能逃离目前的窘境，可眼前数量庞大的资料仿佛在告诉他们，这个目标根本不可能实现。

“对不起，都是因为我……”

翔子有气无力地说。她在帮拓马翻查文件，可无论如何也无法集中精神，速度比拓马慢了许多。

有介连忙劝道：“不要想了。他要是没死，我们也不能这样查。这不是你的错。”

拓马边翻看文件边说：“有介说得对。”

翔子似乎平静了一些，小声说道：“谢谢。”

令人尴尬的沉默笼罩了房间。

这时，润也打破了沉默："我想到了。"另外三人闻声都抬起了头。

有介问道："什么办法？"

"事到如今，只能听天由命了。"

"听天由命？什么意思？"

听到有介的追问，润也将两臂张开。"我们把这屋子烧掉吧。这样，所有资料就会从这世界上消失。"

有介不由睁大了眼睛。"你说要放火？"

"放火可不是件简单的事，必须把所有东西都烧掉。这一带别墅的库房里应该能找到一两桶煤油，如果洒在屋里然后放火，连尸体也能烧毁。"

拓马似乎非常赞成，立刻扔掉了手中的文件。"全都烧掉，没有人会知道那家伙是被杀的。"

"拓马，难得你能那么想，可恐怕不会这么简单，不管尸体烧焦到什么程度，法医一查就能知道死因。没关系，咱们可以在离开时拿上一些值钱的东西，制造入室抢劫的假象。"

"能行吗？"有介设想着他们的行动，有些不安。

"没时间讨论了！难道还有其他好办法吗？"

有介摇摇头。"没有。"

"翔子，你怎么想？"

翔子深信不疑地望着润也。"我听你的。"

润也拍了下手说："好！就这么决定了。行动。"

果不出所料，他们在地下库房里找到了约五十升煤油。拓马和有介分头把煤油洒遍整个宅子。他们把尸体搬进书房，在那里多洒了一些煤油。

“真臭！”

翔子边从墙壁上的画框中取画边说。四人经过商量，一致认为那些画看上去最值钱，又不像粗大笨重的古董，拿出去也不会引人注意。润也找遍整个房间想找些现金，但费尽周折也只找到几十万日元。

他们把藏在附近树林中的那辆三菱帕杰罗开到门前，将画和现金放进去。此时正值别墅度假淡季，不必担心被看到，而且这一带的别墅相距较远，最近的建筑也在几十米开外，建筑之间还种了许多树。有介一度担心火苗会危及树木，但除了放火着实别无他途。

翔子和拓马上了车，坐在后座上，有介负责驾驶。

润也拿着打火机说道：“好了，我这就去点火。”

“等一下，我去。”翔子下了车，“这太危险了，我来。”

“危险才应该我做啊。”

“不！让我做吧。都是因为我才造成这样的结果，是我给大家带来了麻烦，求你了！”

润也不知如何是好，只好看着有介。这时拓马说话了：“没事，就让她做吧。”

润也闻言似乎也下了决心，递过打火机。

“小心！”

“嗯，知道。”

翔子试了一下打火机，便进了房子。有介手扶方向盘，随时准备驾车离开。他想咽口唾沫，才发现嗓子已干得快冒烟了。

似乎过了很久，坐在副驾驶座的润也嘟囔道：“怎么这么慢！”

就在这时，别墅的窗子忽然亮了起来，随着“轰”的一声，亮光刹那间蔓延开来，窗户的缝隙顿时冒出浓烟。

“翔子！”

有介不由得喊了出来。几乎就在同时，翔子从大门飞奔而出。拓马打开后排车门。翔子一上车，有介就踩下油门。

“烧起来了。”

翔子边说边把打火机还给润也。她脸色苍白。

有介加快车速，在深夜的山路上用力踩住油门。用余光从后视镜里看到整栋别墅已燃烧起来时，他拼命握紧方向盘。

3

她目不转睛地盯着显示屏，看着男人的尸体逐渐燃烧起来。

火焰从地板蔓延到墙壁，又包围了整个屋顶，就像生物繁殖一样疯狂四散。男人的尸体不久就被火焰包围，显示屏的画面上只剩下摇曳的白色火光。她仍紧紧盯着显示屏，直到摄像头的电线被烧断，画面完全消失。

她按动开关，把录像带倒回到四个闯入者离开前的画面。

摄像头藏在四个地方：大门、别墅后面、一楼门厅和书房。因为藏得巧妙，闯入者自始至终没有察觉。

她从录像中找出最能清晰辨认四人相貌的画面，复制之后打印出来。

闯入者是三男一女。

她目不转睛地凝视着他们。那三个男人的面孔是陌生的，而那个女人，她似乎在哪里见过。那是好几年前的事情，那时她还是个孩子。那女人那时有着孩子般小巧的身体，年龄却比她大将近十岁。

她又看了一遍四个人的面孔——是他们杀了他。

他们不仅杀了他，还烧了他的尸体。

她再次转换开关，将显示屏与电脑连在一起，然后从抽屉里拿出一张软盘放进软驱。

男人曾经告诉她，这张软盘里有她“朋友”的名单。

她敲击键盘，开始搜索名单的内容，画面上出现了肖像照和简历。

几分钟后，她找到了那四个人的资料。

在那份名单里，只有五个是日本人，其中一个最近刚去世，那是一个叫小笠原彰（AKIRA OGASAWARA）的男人。

她把四个闯入者的资料打印出来。

安生拓马 TAKUMA ANJO
丹羽润也 JUNYA NIWA
日浦有介 YUSUKE HIURA
佐仓翔子 SYOKO SAKURA

这四人以前一直活跃在体育界，成绩斐然，现在也都依靠曾经的成绩，在各自的圈子里继续相关的活动。

她把打印好的纸叠得很小，从胸前塞进紧身衣，然后拿出软盘，像对待敌人般捏得粉碎。

她走向门口，但无论如何推拉，那扇金属门仍岿然不动。那扇门经过精心的设计，就算她有超常的能力也无法打开。

她很快退到房间一角，裹着毛毯躺在小床上。她一点也不担心会被永远关在这个角落，实际上，她的日常生活状态就是被关在这里。她相信，只要等待，总会有人打开那扇门。

那个人死了，她仍对此深信不疑。

4

山中湖别墅区发生火灾是在九月十日凌晨。报警的是附近一家旅馆的主人，并称当他发现着火时，火势已经很大。

接到火警的消防队员在第一时间赶到了现场，但花了很长时间才完全将火扑灭。道路狭窄，消防车很难进入，更主要的原因是燃烧的速度之快出人意料。多亏消防队员的努力，火灾才没有殃及周围的树木，损失被控制在最小范围内。

人们在烧毁的别墅中发现了一具已无法分辨性别的成人尸体，并立即送去做司法解剖。

在别墅后面，有一座像仓库一样的混凝土建筑，上面没有窗子，只有几个通风口，唯一的入口处镶着一扇金属门。一个消防队员试图打开，但没有成功。他们认为里面没人，便离开了。

解剖结果是在第二天出来的。

尸体里发现了两颗子弹，气管里没有吸入烟尘，没有因吸入灼热空气而导致的气管黏膜变化，也没有在血液中找到碳氧血红蛋白。

一切都表明，这个人在火灾发生前就已死亡。

这一结果让山梨县的刑警紧张起来。一场火灾变成了谋杀案，他们在所辖的警察局组成调查总部，立刻展开调查。

确认死者身份没有花费太多时间。火灾发生时别墅主人就失踪了，这让他们立刻想到死者也许就是别墅主人。在接下来的调查中，他们找到别墅主人一年多以前看过的牙医，发现病例记载的信息和死者的牙齿信息完全一致。

死者名叫仙堂之则，五十六岁，原籍长野县松本市，大约在两年前的夏天搬到这所别墅。因为是别墅区，他和周围的人没有任何交往，从事的职业也不明。

警察在死者烧焦的衣服口袋里发现了一把钥匙。这把钥匙比一般家用的要大，有些粗糙。在会议室里，县警总部的山科警部①拿出钥匙让所有人看了一遍。

“会不会是别墅大门的钥匙？”

刑事科一位有经验的刑警说道。

山科看着这把钥匙，轻轻摇了摇尖尖的下巴。

“如果要外出倒还可以解释，可为什么要在家里带着大门的钥匙四处走呢？”

旁边的几个刑警闻言点头。

一个人拍手说道：“可能是……”

此人是从县警总部来的巡查部长紫藤，刚过三十岁，在山科这一组里算是少壮派。

“可能是后面那座仓库的钥匙。”

---

①日本警察职衔从高到低分为：警视总监、警视监、警视长、警视正、警视、警部、警部补、巡查部长、巡查。

山科点点头表示同意，接口道:“嗯，很有可能。我一直想调查那座仓库。派个人去看看这到底是不是仓库的钥匙。”

山科边说边把钥匙交给紫藤。由于受热，钥匙已有些氧化。

紫藤一走出会议室来到走廊，便看到一个警察。那是一个在事发现场附近的派出所工作的年轻巡查。紫藤叫住了他。巡查来这里办事，正要回派出所。

“就拜托你吧。”

紫藤拿出钥匙，嘱咐了要做的事情。年轻巡查痛快地答应了。

“明白了。一有结果我马上给您打电话。”

“谢谢你帮忙。”

交出钥匙后，紫藤回到会议室。关于死者仙堂之则，需要调查的东西实在太多。

吉村幸雄来到现在的派出所才不过半年。他想成为一名刑警，当初在填写分配志愿时就是这么写的。可不知是因为不适合还是成绩不够好，他并未如愿，还被派到了最不情愿去的地方。

尽管如此，他并没有放弃理想。只要忍耐几年，就有调动的机会，到时一定要表明愿望。只要能成为刑警，工作地点偏僻些也无所谓。

他实在太向往这个工作了，当他意识到自己也能参与调查时，不禁高兴得忘乎所以。尽管只是去确认一下钥匙能不能插进去，可在他看来，比起登记遗失物品或照顾醉汉，这更像警察该做的事情。

吉村一回到派出所便一个人去了现场，没有和其他年长的巡查说起此事。要是被人知道，这事说不定会被别人抢去，他可不愿失去体验刑警工作的机会。

通往现场的路都是上坡，他只好推着自行车向上走。火灾发生后，那片废墟一度挤满看热闹的人，现在却空空荡荡。

他慢慢掏出钥匙，向仓库状的房子走去。那房子愈发让人感到不可思议，看上去比一般库房要大很多，可如果真是仓库，入口又实在小得可怜。总之，在这样一片别墅区，那房子确实有些怪异。

金属门上有个巨大的把手，钥匙孔就在把手下面。吉村试着插进钥匙，形状完全相符。这个小小的发现让他激动得心怦怦直跳。他把钥匙向右拧了拧，有些卡，但没费什么力气就拧动了。

“太好了！”

他不由得喊出声来。转动把手后，门出乎意料地轻轻开了。

可迈进门后，他大失所望。面前是另一扇锁着的门。

没办法，联系局里吧，他边想边退出来。然而他立刻改变主意，再次走向那扇门，拿出钥匙。

他想，说不定两扇门是同一把钥匙。

吉村插进钥匙，这次也正合适。轻轻一转，果然不出所料，金属分离的触感从手上传来。

门开了，屋内一片漆黑。他在墙上摸索电灯开关，但没找到。就算有，火灾也早已把电源烧坏了。

过了一会儿，他逐渐适应了黑暗的环境，隐约看到了房内的情形。这里放着体操垫、杠铃，还有一些训练器械，赫然是间健身房。许多有钱人都有影音室或地下室，有个健身房没什么奇怪的。

吉村在房间里转了转。虽是有钱人的健身房，器械也太过夸张了。腹肌训练器、杠铃这些暂且不说，还有很多器械像工业机械一样复杂，这实在不可思议——到底是什么人会使用这样的器械呢？

正当他要回去联络局里时，房间里发出了沙沙的声响，似乎是拉扯布的声音。吉村吃了一惊，停下脚步。

他想，也许是老鼠。许多人把吃剩的食品放在别墅里就离开了，因此这一带经常有老鼠出没。

吉村循声走去。那里有张小床，像是临时休息用的。

他想起口袋里有一次性打火机，便拿出点着。

床上散乱地堆着两条毛毯，可能是有人睡过。他伸手摸了摸，电视剧里经常出现类似场面，可以知道是不是有人待过。他也这样做了，但没有判断出床上是不是有人体留下的余温。

这时，有东西从上方落了下来，是混凝土颗粒。吉村用手护着火光，望向天花板。

就在那一瞬间，他瞪着眼睛张着嘴，似乎想叫喊，可极度的诧异和恐惧使他无法喊出声来，下巴不停地颤抖。

天花板上趴着一只巨大的蜘蛛！

不，只是像个蜘蛛罢了，趴在那里的，千真万确是个人！

那人向吉村扑来。他想掏枪，但已来不及了。回过神来，那人的腿已缠住他的身体，手卡住了他的脖子。

冲击和重力将他推倒，他全力挣扎，可对方的腿一直死死缠着他。他的脖子被勒得紧紧的，力道惊人。

即将丧失意识时，吉村看到了对方。黑暗中，他没有看清敌人的面孔，但清楚地看到两只眼睛正盯着自己，就像在白色玻璃中央涂上了颜色，没有任何情感。

刹那间他意识到，这应该是个女人。但他再没机会去印证。

吉村巡查的尸体是在当天傍晚被发现的。同一派出所的老巡查接到调查总部的电话，询问钥匙是否能用，便到现场去找吉村，在那栋奇怪的房子里发现了他的尸体。

调查总部的刑警和侦查员全部赶到了现场，由调查一科加藤科长和山科警部负责现场调查。加上一些得知消息前来打探的记者，现场连续两天陷入混乱。

“这里到底是干什么用的？”

山科在房子里转了一圈后自言自语道。这里从外面看很像仓库，但里面都是最新型的训练器械。

一个部下应道：“如果说是个人的兴趣爱好，规模未免太大了。”山科闻言点头。

经过调查，吉村的遗体被抬了出来，准备送去解剖。所有人都看到了他脖子上的勒痕。山科旁边的紫藤摘下手套，向遗体双手合十说道：“是我让他丢了性命。如果我不让他来，不会发生这样的事。”

“如果不是他，被杀的就是你了。”山科平静地说道，“再说，吉村也有错，他本该一发现能打开门就联系我们。一个人进去太大意了。”

“谁能想到这样的房子里会有人！这不是他的错。”

“可里面真的有人，所以他才会被杀。总之，你没必要为此感到愧疚。”

山科边说边把手伸向旁边的哑铃。那是一只单手哑铃，可只被他抬起了一边，并没有完全离开地面。

“还是算了吧，我这腰怕是撑不住。这哑铃到底有多重？”

山科边说边掏出发皱的手绢，擦了擦额头上的汗。

旁边的刑警试着举起哑铃，也没有成功。

“不像仙堂用的，那样一副体格怕是举不起这么重的东西。”

“你是说待在这里的人才能举起它吗？”

现在几乎可以肯定，这里藏过一个人。房间里散落着罐头和方便食品，屋角的浴室和卫生间还没干透。

“山科警部，请过来一下。”一个正在门口调查的刑警喊道，“这把锁与一般的不同，一旦外面锁上了，就无法从里面打开。”

“哦。”山科看着门把手，若有所思地问道，“外面的门也是这样吗？”

“不，那扇可以从里面打开。”

“嗯。”山科摸摸下巴，似乎已经得出结论。他转向紫藤问道：“你说说，为什么会这样？”

“您是说，有人曾被关在这里？”

山科肯定地点点头，紫藤的想法和他完全一致。

“是的，现在那个人逃了。”

“是个什么样的人？”

“无论如何，必须先收集与仙堂有关的信息，不，应该先找到杀害吉村的凶手！”山科咬着嘴唇说道。

山中湖周围被紧急控制起来，安排在国道沿线和各个关卡的警力远远多于往常。当晚，调查总部的规模进一步扩大，由警察局长亲自指挥。

吉村被害极大地触动了他们，这并不仅仅因为警察的威信受到了威胁。

在发现吉村尸体的同时，人们意识到了更大的危险——他的枪不见了。

5

晚饭后，有介在文字处理机前坐了整整两个小时，却没有动一下键盘。他完全不能集中精神，虽有些无奈，但看来这样的状态还要持续一阵子。

他大大地伸了个懒腰，这时，响起了敲门声。

“喝点儿茶吧。”

是小夜子。在有介工作时，她绝不会进来。

“嗯，我也正想喝呢。”有介说着关掉文字处理机，站起身来。

客厅的桌上摆着红茶和奶酪蛋糕。有介坐在沙发上，端起茶杯喝了口茶，看了看小夜子。她最爱吃的奶酪蛋糕就在面前，她却捧着杂志看得出神。

“看什么呢？”

有介一问，她将杂志递到他面前。“这个。”是本孕妇月刊。

“哦，已经看这些东西了？”

“本来嘛，现在不看，以后就没时间看了。”

“说得也是。”

有介边用叉子切蛋糕，边看向小夜子的腹部。已经三个月了，他却觉得没什么变化。

和小夜子结婚是一年前的事情。那时她在出版社打工，他们在那里相遇，逐渐熟识起来。

婚后他们买下了这套位于三鹰的公寓。以前他住在吉祥寺附近,多少有些不方便,现在这套三室一厅的房子比原来舒适了许多。随着他作为体育记者的位置日渐稳固，维持这样的生活看来没问题。

想到这些，有介下定决心，他绝不愿意看到生活在幸福中的小夜子有一天为婚姻后悔。为维持这样的生活,他甘愿做任何事情。

“工作怎么样？顺利吗？”

小夜子合上杂志问道。有介最近正在整理一位著名棒球选手的传记素材。

“嗯，还行吧。”

他说着打开了电视。他无法说出“不顺利”这样的话。

正在播放新闻，有介很想从中找些消息，看看事件进展。昨晚的新闻只报道了火灾，而今天白天的新闻已经变成了谋杀案。他早已料到，只要解剖尸体，就很容易发现仙堂曾遭到枪击。

时事新闻后，屏幕上出现了“警察在别墅区火灾现场被杀”的字幕。有介看到字幕时没有反应过来，直到听见记者的报道。

“昨天的节目报道了十日凌晨发生在山中湖别墅区原因不明的火灾。今天，山梨县警察调查发现，现场发现的遗体在火灾发生前曾遭到枪击。而就在今天白天，一位警察在进入现场附近的一栋建筑后，被来历不明者勒死，手枪被盗。目前，山梨县警察正在全力搜查。下面让我们连线记者上田。上田——”

画面上出现的男记者开始报道今天的事件，其间提到了调查开始阶段的准备不周和警察工作上的疏忽。

“发生什么事啦？”

听到小夜子的话，有介才回过神来。他刚才一直出神地盯着电视，动都没动插在蛋糕上的叉子。

小夜子惊讶地看着他，又问：“怎么回事？”

“哦，没什么。这案子挺有意思。”

他把蛋糕放进口中，却如嚼蜡一般。警察被杀了？到底怎么回事？

“是啊。不过对于当地人来说未必有趣。杀人犯拿着枪，还没有抓到，想起来真让人睡不踏实。在杀人犯被抓到前，你最好别去那一带。”

“别担心，工作上没有去那里的计划。我吃好了。”

有介站了起来，蛋糕还剩一半。

“你不吃啦？”

“嗯，你吃吧。”

有介回到房间，在电子记事本里找到丹羽润也的电话，拿起手机拨打。润也在铃响三声后接起了电话。“我正要给你打电话呢。”听到有介的声音，他说道，语气有些僵硬，“你看新闻了吧？”

有介捂住话筒，急切地问道：“到底是怎么回事？谁干的？”

“我们应该商量一下。其实，翔子给我打过电话，她好像有事要对大家说。”

“翔子？她是不是有什么线索？”

“也许吧。你现在能出来吗？”

“我想想办法。”

“那你到我这里来吧，最好别让人看到。”

“嗯，我知道。”

有介放下电话，拿起外套走出房间，说要出去一下。小夜子一脸不解地看着他。“这么晚了，你要去哪儿啊？”

“去润也那儿，我想问他些事情，可能会晚一点回来，你先睡吧，别忘了关窗户。”

小夜子似乎还想说什么，但有介径直走出了公寓。他本想找辆出租车，但转念一想还是朝停车场走去。至少今晚是不会喝酒了。

润也租的房子在高圆寺，只有一间，从早稻田大道向里走一点便是。听说他从学生时代起就在这一带租房子，早就适应了这里的生活，所以至今仍未离开。

敲门后，润也开了门，表情很僵。

“快进来，他们已经来了。”

“真快啊。”

有介说着进了门。

拓马盘腿坐在地板上，翔子坐在角落里的床上。有介第一次看到拓马穿西装，这才是健身俱乐部年轻董事应有的形象吧。翔子穿得很朴素，牛仔裤加短袖开领衫，手里拿着太阳镜，恐怕是避人耳目用的。自从上了电视节目，翔子声名鹊起，外出时不得不设法避开众人的视线。

有介和他们打过招呼，挨着拓马坐了下来。

“要喝什么？我这儿也没什么好喝的。”润也问大家。

拓马低声说道：“不用了，还是快点进入正题吧，我就是为这事来的。”

有介也附和道：“我也是。”翔子也点点头，没有说话。

“好，既然大家都这么说，就开门见山吧。晚上的新闻都看了吧。我们的疑问应该是一样的，那人是谁？是谁杀了警察？”

“我来这里就是想知道这个。”拓马说道，“你不是要告诉我们吗？”

“不是我，就像电话里说的，让翔子讲吧。”

润也说完便倚着墙壁坐下，三人刚好把翔子围在中间。她低头沉默良久，似乎终于下定了决心，仰起脸深吸一口气，说道：“那个人应该是……仙堂的秘密武器。”

“秘密武器？那是什么？”润也歪着脑袋问道。

“我听仙堂说过，他正在培养一个强大的七项全能选手。”

“七项全能？”

听到拓马的询问，有介解释道：“女子七项全能，比赛第一天是一百米跨栏、跳高、铅球、二百米，第二天是跳远、标枪、八百米，最后将各个单项得分相加，总分最高者胜出。”

“喂，这可不是在开玩笑！你说那是女人干的？一个女人把警察勒死了？”

润也摊开双手，表情滑稽地说道。可翔子仍是一副认真的表情。

“那可不是普通的女人，她从小就跟着仙堂训练，当然不会是正规训练。训练内容应该是我们想都想不到的。”

“我好像也听说过，”拓马接着说，“仙堂在和一个小女孩生活。还是在加拿大时听说的。”

“加拿大……”

有介嘟囔了一句，陷入沉默。他想起了在遥远的异国发生的事情。其他三人好像也沉浸在回忆中。

“我见过那个女孩。”翔子歪着头想了一下，“十年前，仙堂带着那个女孩来过训练中心，那时候她像是八九岁。”

“原来是在训练中心见到的。”

润也特意叹了口气。训练中心——对于四人来说，这是让他们心头一沉的地方。

拓马接着说：“总之，仙堂身边是有这么一个女人。而且毫无疑问，这个被仙堂称为秘密武器的女人拥有极为强健的体魄。”

“原来是她在那栋房子里。”有介想起别墅后面像仓库一样的建筑，“真没想到，那里竟是用来训练秘密武器的地方！”

其实，在他们计划潜入仙堂的别墅时，有介事先观察了好几天，发现仙堂每天有将近一半时间待在那栋房子里，特别是在夜间，有时几个小时也不出来。正因如此，他们才下决心晚上潜入他家，可是……

“翔子，那个女人叫什么？”

听到润也提问，翔子摇了摇头。“不知道。仙堂没告诉我。但他扬言只要这个人一出现，就会轰动世界。他说这个女孩力量强，速度快，就像塔兰图拉一样。”

“塔兰图拉毒蛛？”

听到有介这么说，拓马不禁皱了皱眉头。

“说得再耸人听闻也解决不了问题。”润也瞪着有介他们说道，“那个毒蜘蛛杀了一个警察跑了出来，还抢走了枪！你们认为毒蜘蛛下一步会干什么？”

“你认为她会来杀我们？”有介吃惊地睁大眼睛。

“有可能。”

“不是有可能，而是一定。否则她就不会拿走枪了。”

“可是，那个……毒蜘蛛，她知道仙堂是谁杀的吗？”

拓马问完，有介又陷入思考。忽然，他“啊”地叫出声来。“摄像头！我们一进入别墅，仙堂就知道了。他一定是通过摄像头发现我们的。如果在别墅的其他地方，比如书房里也有摄像头，如果被那个女人看到……”

“她亲眼目睹了主人被杀，那么自然也看到了我们几个！”

润也的眼睛不断转动着，观察众人的表情。

“如果是那样，她就会来找我。是我开的枪。”

翔子故作镇静地缓缓说道。但她脸颊僵硬，丝毫没有轻松的表情，手指用力握着太阳镜，几乎要把它捏碎了。

“那可不一定。”有介说道，“如果全被她看到，她就会明白仙堂的仇人不止你一个。如果要复仇，这里所有的人都是她的目标。”

“说得对，而且是我们一起烧掉别墅的。没人躲得掉。”

润也说完，不禁苦笑一下。

“无论怎么说，恐怕也不能给翔子多少安慰，但总比想着只有自己受威胁要好些吧。”

“真的对不起大家，都是因为我开了枪才……”

“不要再说了。”看到翔子垂头丧气，有介挥挥右手，故意做出厌烦的样子。

“那个女人怎么能找到我们呢？”

拓马像在自言自语，又像在征求大家的意见，可似乎谁也没有想到答案。四人一时陷入沉闷。

“也许，那个房间里有我们的资料。”有介一说，另三人的视线都集中到他身上。他继续说道：“是和我们相关的那些资料，那个女人凭肖像照就能查到……”

润也附和道：“很容易就能查出来。那里面到底有多少信息呢？总不会连有介刚搬家也能查到吧。可是，这些信息早晚会被她知道。”

“如果那里确实有我们的信息，也许警察会先于那个女人找到我们。”

翔子想到了这点，那的确有可能。润也和拓马沉着脸微微点头，有介却说：“警察已经进去很长时间了，如果还有资料留在那里，早就该找到了，而且会和我们联系。既然没有联系，至少说明资料已不在那里。”

润也接道：“这倒是我希望的。”

“很有可能被她拿走或被烧毁了。”

“但愿被烧掉了。”润也双手一拍膝盖，站了起来，“总算明白情况了，毒蜘蛛迟早会找到我们，到时候该怎么办？”

话音未落，拓马便接着说道：“那有什么可想的，方法只有一个。对方可是对我们的事情一清二楚。”

“拓马……”

有介自己也不知道要说什么，直直盯着这位前举重世界冠军的脸颊。

“另外，还有一件非常重要的事情。”拓马又道，“那个毒蜘蛛如果被警察抓到，我们也就完了。明白吗？我们不该怕那个家伙，反而该希望她平安无事地找到我们。”

6

吉村巡查的守灵仪式在他甲府老家附近的一座寺院里举行。紫藤系着在甲府车站附近的商店里买的黑色领带出席了仪式。连同局长在内的主要官员会参加第二天的葬礼，但他实在无法等到那时。他想早一点向死者忏悔，并发誓要尽快抓到凶手。

负责接待的是一个二十几岁的青年男子。不光是他，队列中站在紫藤前后的都是那个年龄段的青年。听他们说话才知道，这些都是吉村高中和大学时的朋友。紫藤再一次意识到吉村竟如此年轻，这让他深感痛心。

进香时，他见到了吉村的父母。他们看上去还很年轻，也就五十岁左右。站在两人旁边的可能是吉村的妹妹，一直用手绢捂着眼睛，像人偶一样一动不动。

进完香，紫藤被带到一个准备了寿司和饮料的房间。吉村生前的好友都坐在那里，语调沉重地说着什么。紫藤坐下来，听到身旁的一个年轻人说："警察还是很危险啊。"另一人附和道："虽说是因公殉职，可人已经死了，还有什么用呢？"紫藤只喝了一口啤酒，便走了出来。

在车站等电车时，他发现有人走来，抬头一看，却见山科微笑着站在身旁。

“组长……您不是明天吗？”

“我和那些大人物可不一样，白天哪能不待在调查总部呢。”

山科边说边从右手里抽出一片口香糖递给紫藤。最近他正在努力戒烟，而紫藤一直都不抽烟。

“哦，不了，谢谢。”紫藤轻轻挥挥手，叹了口气，“死者是年轻人，守灵和葬礼更让人感到难过啊。”

“你这家伙，这么年轻，怎么净说些老气横秋的话！”

“他父母多大年龄？刚过五十？也许快六十了。看到儿子步入社会，刚可以喘口气啊。”

“那也不会因此更伤心的，对于父母来说，不管是刚出生的婴儿夭折，还是人到中年失去儿子，心情都是一样的。”

“他们一定后悔让儿子当警察。”

“紫藤，”山科望着远方说道，“别想了，想也没用。”

紫藤耸耸肩，脸上露出一丝苦笑。

“他好像曾经是个医生啊。”

“您说的是……”

“仙堂。”

“啊……是的。好像祖上几代务农，父亲做了医生。受他的影响，仙堂也选择了医学。”

今天，紫藤去了仙堂的出生地松本市。原来的住宅早已换了主人，但附近仍有人记得仙堂家。听他们说，大约二十年前那里开过一家医院，后来院长夫妇相继去世，不久医院也被拆掉了。

"仙堂为什么没继承医院呢？"

"不清楚。听那里的人说，早在医院倒闭前好几年，他就离开家再也没回来，可能是出国了。"

"出国？去了哪里？"

"那就不知道了。"

正在紫藤摇头的时候，电车进站了。两人上了车，见车上很空，便并肩坐下。

"至于去了哪里，只要进一步调查就会弄清楚。哦，对了，我听在那片别墅区调查的人说，有个负责清洁净水槽的公司提到了一件怪事。"

"什么事？"

"那个公司的人每三个月会上门为客户检查一次净水槽。今年夏天去那栋别墅时，看到了一个奇怪的人影。"

"奇怪的人影？什么样的？"

"好像大得出奇。因为那个人很快躲了起来，没看清楚。据说身高至少有一米九，但不知是男是女。"

"应该是男的吧。"紫藤根据常理推测。

"除了清洁公司的人，没人见过那个大个子。我想或许就是拘禁在那栋房子里的人。"

"原来如此，如果是那样的人，杀警察也许不难。"

紫藤按了按放在西服里兜的东西，那是参加守灵仪式时得到的一个写着"粗品"[①] 的小盒子。

"在那间健身房模样的房子里找到线索了吗？"

---

①为了向来客表示感谢而发放的礼品，不会很贵重，相当于"薄礼"。

“目前还没找到有价值的。虽然找到了电脑和录像机，但软盘和录像带全被毁掉了，凶手想得可真周到。”

“仙堂出于什么目的建了那样一栋房子呢？”

“是啊，根据目前调查来看，仙堂两年前买下那栋别墅。听别墅以前的主人说，后面的房子本是仓库，里面有房间供看别墅的人居住。仙堂把仓库改造成了现在这样，训练器械也是这两年搬进去的。”

“那他的钱从哪儿来呢？那些器械每一台都要花不少钱。”

“正在调查，只能挨家去查银行。大火烧毁了所有东西，一张存折也没找到。”山科懊恼地说。

“听说现场没找到任何值钱的东西。”

“不光如此，还发现地上散落着一些画框，但没有发现画，所以也有人认为是被盗了。”

“也就是说，入室抢劫的人杀了仙堂，为销毁证据又纵火焚烧？”

“有这种可能。”山科用手指按住眼角，继续说道，“但这绝不是一桩简单的案件。”

他们回到调查总部，发现警察局正陷入一片忙乱。调查一科的加藤科长看见山科，便招了招手，紫藤也跟了过去。

“正要跟你联系呢。附近的一栋别墅报案，称有人闯入。”

“在什么地方？”山科的语气顿时严厉起来。

“离火灾现场五百米左右，好像是打碎窗玻璃闯进去的，现在已经和房主联系上了。”

“我这就去看一下。”

山科转身向门外走去，紫藤紧随其后。加藤叫住了他们：“等一下。新的鉴定报告出来了，你们看了再去吧。这是掉落在吉村巡查被害现场的毛发鉴定结果。”

山科接过鉴定报告，顿时睁大了眼睛。“是女人？”

“是女人。”加藤冷静地说道，“现场收集到三种毛发，两种男性的，一种女性的。其中一种是吉村的头发，剩下的两种之中，有一种应该是仙堂的。这就可以断定，被关在那栋奇怪房子里的是个女人。”

“一米九的女人？”紫藤眼前浮现出一个庞大的身躯。

7

麦当劳停车场。她把第三个汉堡递到嘴边时，听到旁边的车里传来了新闻，那是九点的整点报道。

“发生在昨日山中湖火灾现场的警察被害一案的受害者——吉村巡查的守灵仪式在甲府市 × × 寺举行，现场聚集了很多吊唁者。目前，凶手仍然下落不明，警方将继续调查取证并寻找目击者。接下来，向您报道日前被揭发的高尔夫球场贪污案……”

播音员的话她能听懂百分之八十以上，她的日语还是不错的。但单凭这则消息，她无法判断警方的调查进展到了什么程度。

让她不明白的是“守灵”这个词，从通篇内容看，好像和“葬礼”的意思差不多，反正她对这些没有兴趣，没再多想。

自从杀了那个警察，从“牢笼”里逃出来，她便潜入附近一栋无人居住的别墅。她的目标是衣服。逃出来时，她身上穿着长袖紧身衣和训练服，这样一副打扮走在外面实在危险。

那是一栋小木屋一样的别墅，停车场里没有车，估计没人居住。她转到房子后面，打破玻璃闯了进去。

屋子收拾得很干净，宽敞的起居室里摆着木质桌椅，厨房的洗碗池光洁如新，所有餐具都放在橱柜中。

她没有去翻冰箱和食品柜。被关在健身房时，她可以靠常备的营养食品 CalorieMate 充饥，所以并不饿。况且她还带着仙堂留下的钱，可以随时买到食物。

她来到二楼卧室，将壁橱逐一打开。里面放的净是日常生活用品，没有衣服。

她又来到地下室，那里被当成储物仓库。一辆放在角落的自行车引起了她的注意。这是一辆山地车，前后分别有三挡和七挡变速，但是车轮并不粗。车主似乎没有区分野外模式和一般道路模式，一直使用万能挡。

她试着把车举了起来，重量大约有十二三公斤，骑上去感觉车座有些低，但三角架大小刚好。她下了车，迅速调整车座高度。在打气时，她看到屋子一角的筐里散乱地放着一堆衣物，包括三色连帽风衣、蓝色短裤、骑行手套、运动眼镜和一顶红色运动帽。

她脱下训练服，把短裤和连帽风衣套在紧身衣外面。衣服的主人或许是个很高的男人，但这衣服对她来说仍有点小。她又戴上运动眼镜和帽子。

墙上挂着一个小背包，她走过去翻了翻，里面有张附近的地图，标记着徒步旅行和自行车郊游的路线。她把地图塞进风衣口袋，把脱下的训练服放进背包背在身上。准备妥当后，她扛着自行车上了楼梯。

走出别墅时，天还亮着。她凭着对地图的印象，慢慢蹬起车来。

她选择的路线是从三国岭至明神岭，然后直通静冈县的小山町。其实，对于几乎不认识汉字的她来说，那些字没什么意义，选择这条路线是因为它与国道相连，而国道通向东京。东京——那是她能看懂的为数不多的地名之一。“TOKYO”，是的，闯入别墅的那四个人，他们的住址都是以“东京”开头的。

出了山中湖，很长一段路都是上坡。她腿部强健的肌肉伸缩自如，就像那坡道根本不存在一般。前方偶尔会出现几个蹬车的年轻人，不一会儿就被她轻易抛在身后。

当她超过两名车手时，其中一个男人喘着粗气说道：“天啊！那是什么？这么快！”

过了三国岭后几乎都是下坡，道路铺得很平整，山地车一路轻快地飞驰，似乎成了她身体的一部分。在她的右侧，富士山的轮廓渐渐显露。

快到国道的时候，天色渐渐暗了下来。二四六号国道车流量很大，自行车很难骑行。尽管如此，当她骑车超过汽车时，车内的年轻人都不由发出一片惊叹声。

太阳落山以前，她到了一个稍大的镇子。那里有一个小车站，站旁就是便利店。她进去买了些吃的，这是她到日本后第一次自己买东西。店员是个中年女人，看到她时面露惊讶。

那晚，她在附近找了一个木材仓库将就了一夜。虽还是九月，可夜里已有些冷，她拿出训练服盖在身上。

第二天一早，她再度出发。从别墅拿的那张地图上已没有这一带的标记，但她仍毫不犹豫地沿二四六号国道一直向东。

可是没多久她便走错了。在松田町岔口，她离开了二四六号国道，进入通向小田原的二五五号国道。

太阳的位置让她意识到自己走错了。因为一直向东走，上午太阳应该是在正前方，可她发现太阳已到了左面，而且左侧一直绵延着海岸线。

当她觉察的时候，道路序号已经变成了一三五。如果她带着地图，而且认识足够多的汉字，她就会知道自己正进入伊豆半岛，再往前走一点就是观光胜地热海。

她在沿路的餐馆买了两个热狗，吃完又去了趟卫生间。迎面开过的卡车的司机看到她，不由得吓了一跳。

她站在路边确认了太阳的位置，在想是否该这样一直往南。她对日本地理一窍不通，只知道往东走就可以到达东京。

“好了，准备出发吧。”

身后响起一个男人的声音。回头一看，一个头扎毛巾的中年男人正要登上卡车，另一个人打开了副驾驶座一侧的车门。那人又说：“先到厚木，然后去东京。路好走的话说不定能早点到。”

卡车发动了引擎，从她身旁驶过，和她刚才骑行的方向正好相反。

她隔着运动眼镜看着那辆卡车远去的影子，戴上骑行手套，跨上自行车，使出浑身力气蹬了起来。一辆从后面开来的面包车被忽然从路边窜出的自行车吓了一跳，暴躁地按响了喇叭。

过了不到一小时，她就赶上了那辆卡车，平均时速达到了三十到四十公里。有时会拉开距离，等信号时她便能赶上。

迫使她放弃追赶的，不是体力不支，而是那辆卡车驶入了收费路段。那段路是西湘辅路，她又有些迷路了，转来转去，终于发现了沿着海岸向东行驶的车辆。那条路是国道一号线。一号国道——她强烈地感觉到这条路一定能够通向首都。

后来，她又弄错了一次，因为一直沿着海岸线走，她从一号国道进入一三四号，经过江之岛，穿过镰仓，来到了三浦半岛。

当她意识到走错后，不得不又折返回来。一路上她都在找指向“东京”的标志，不时走到岔路上，这使她越发迷惑，不知自己究竟身处何方。

最后，她不得不返回相模川，终于在那里找到了标志，上面写的大概意思是，沿着路向北，可以通到二四六号国道。二四六号国道正是通向东京的那条路！

她沿着这条写有标志的一二九号国道向北骑行，到达了一个规模稍大的城镇。她也不知道这一天到底走了多少路，反正对她来说根本算不上什么。

麦当劳的汉堡是她今天的第三顿饭。她不知道接下来要往哪里走，但无论如何，她要到东京去，然后找到那四个人的住处。

她又拿出了别墅的地图，可上面根本没有标记现在的地点。从这里到东京该怎么走，她毫无头绪。

正当她跨在自行车上出神地望着地图时，一个声音问道：“你要去哪里啊？”她抬头望去，面前停着一辆四轮驱动的红色汽车，一个染着黄发的人从车窗探出头来，笑眯眯地看着她。

她下了自行车，朝汽车走去。车里的男人睁大眼睛，对副驾驶座上的人说道：“喂，不错啊！”

声音不大，但她听到了。

“我想得没错吧，真是个外国人。”

副驾驶座上的男人答道。他的头发很短，全都向上竖着。两个人看上去都十几岁，但她一向看不准日本人的年龄。

为了让他们知道自己不是日本人，她摘下运动眼镜。坐在驾驶位置的黄发男人很震惊似的向后仰了仰。

“很棒嘛！”副驾驶座上竖发的家伙一边眼睛冒光一边说道。

他盯着少女的胸，接着向黄发男人嘟囔了几句。

黄发男人听了笑了笑，问道："你会说日语吗？"看到她轻轻点头，二人似乎放下心来。

"你要去哪儿？"黄发男人又问。

她从风衣口袋里掏出一张纸，上面印着那四个人的信息。她指着安生拓马的地址给他们看。那人看了看，问道："这上面写着两个地址，你要去哪个？是家里，还是健身俱乐部？"她没有回答，因为她不知道要找的人到底在哪里。

坐在副驾驶座的人看她默不作声，低声向黄发男人说道："她没听懂你的意思吧。"

"可能吧。喂，我在问你到底想去哪里？要不，就是两个地方都要去？"

她点了点头。如果两个地方都去，应该能找到要找的人。

"OK。我们开车送你吧，你可以把自行车放在后备厢里。"黄发男人亲切地说。

对于她来说，这个提议有点出乎意料，她本以为他们最多会告诉她怎么走。

车上二人见她有意搭车，便走下车来，利落地把她的自行车放进后备厢。黄发男人身高在一米八左右，竖发的那个大概要矮十厘米。

她听到那个竖发男人小声嘟囔了一句："我一直想找机会和那样的玩一次。"放好车，他打开副驾驶座一侧的车门，说了一声"please"。她拿下背包，扔进附近的垃圾箱，然后上了车。那两人见状有些意外，但什么也没说。

开了一会儿，黄发男人问她："你从哪里来？"她看着前方，用手指了指后面。

坐在后面的竖发男人顿时笑了:“哈哈，她说从那边来呢。”

“那边是哪里？你住在日本吗？”

她点了点头。

“哦,怪不得会说日语。那,来日本之前呢？是从美国来的吗？”

男人没有说对，但她还是点了点头。

“就算是美国人，个子也实在太高了。我不算矮，都被你比下去了，况且身材还这么好。”

黄发男人不时打量着她。她穿着风衣，黄发男人根本没有发现她强健的肌肉。

“喂，你倒是说点什么呀，让我们也听听你的声音。”竖发男人探身说道。

她稍向后转头，用英语对他说:“闭嘴。”

竖发男人一怔，将头转向黄发男人。“她说什么？”

“我也听不懂。”黄发男人撇了撇嘴说道。

竖发男人又一次把脸转向她，怪笑道:“你的声音有些沙哑，很有味道啊。”

她的座位前面有一个夹子，里面放着道路交通图，她翻了翻，却不知该看哪一页。

“前面那页，对，就是那里。”竖发男人伸手指着地图，“现在走的是这条路。你要去的地方在世田谷区,从二四六国道开到横滨，再上东名高速就行了。”

男人的手指在地图上顺着路线移动着。“那个住址在这一带，健身俱乐部嘛，嗯，大概是这里。”他边说边在地图上做了标记。

过了一会儿，车子向左转弯。她没有听到竖发男人在黄发男人耳边低声说了些什么，但听到黄发男人回答“知道了”。

“这条路车太多，咱们去找条近路。”竖发男人向她解释。

和刚才那条路相比，这里的车流量小了许多，对面也很少有车开过来。路边灯光很少，周围的建筑似乎不是民宅和商店，而是仓库。黄发男人转动方向盘，又拐进一条更窄的路。开了一会儿，眼前出现一片空地，停着几辆卡车，一个人也没有。

车停了下来。

少女慢慢将头转向驾驶座，很显然，这里不是她要找的地方。她指了指方向盘，示意快点开车。

“别担心，我们会把你送到那个健身俱乐部的。”

黄发男人边说边关掉发动机，周围立刻陷入一片寂静，只听得到前车盖中微弱的机器声，还有远处的车声。

黄发男人眼中闪着光，脸上露出讨好的微笑。

“我们先来放松一下怎么样？反正你应该也不着急。”

他把手搭在她肩上，一点点靠近。她不解其意，只是一直看着他。见她没有反抗，他以为她愿意就范，便对竖发男人说道：“喂，你先到外面去！”

竖发男人不情愿地咂咂嘴，坏笑着打开车门。

“你可快点儿啊。”

“知道啦。”

看到竖发男人走下车，黄发男人更逼近了她，将嘴唇凑近她的嘴唇，右手则伸进她的风衣。

刹那间，少女的防卫本能被唤醒了。

就在他即将碰到她的嘴唇时，她猛地一口咬住。黄发男人哆嗦了一下，像触电一样向后仰去，呻吟着捂住嘴。血从指缝间流了下来。

“你要干什么！”

黄发男人左手抓住她的右臂，陡然间双目圆睁。他感受到了风衣下面强健的肌肉。

她抓住右臂上的那只手，用力一拧。黄发男人个子很高，手腕却细得可怜，只听肘关节一声闷响，他的脸痛苦地扭作一团，发出惨叫。

接着，少女又伸出右手猛地抓住黄发男人的脖子，男人竭力挣扎，却一点劲也使不上。少女用大拇指扼住他的喉咙，逐渐用力，不一会儿他就翻了白眼。

这时，车门打开了。

“喂，发生什么事啦？”

竖发男人话音未落，她的手已离开黄发男人的脖子，尸体从驾驶座上滚落。

竖发男人似乎没有立刻反应过来眼前发生了什么，大约过了一两秒，他忽然吓得面容扭曲，仓皇向远处跑去。

她从副驾驶座上走下来，摘掉帽子，细细的波浪形长发垂落过肩。接着她脱掉风衣，从口袋里掏出手枪，别在紧身衣前胸。周围一片昏暗，但她通过脚步声辨别出男人逃跑的方向，追了过去。

不一会儿，面前出现了一道两米多高的铁丝网，对面是一片农田，眼前只有一条很窄的小路。她停下脚步，观察周围，地上零散地堆着工厂里用的装货托盘，男人一定藏在那里面。

这时，一个托盘后面发出了声响。她敏捷地绕过去，却发现是一只野猫。

她刚松了口气，又听到铁丝网嘎吱作响，于是快速返回原处。

这次，她看到约二十米开外，一个男人已经翻过铁丝网，正沿着铁丝网下的路越跑越远，她飞快地赶了过去。

两人隔着铁丝网展开了赛跑，这明显是一场实力悬殊的比赛。男人气喘吁吁，腿脚已不听使唤。她不费吹灰之力就追上了他，这时，她看到铁丝网另一侧堆满了旧轮胎。

她稍稍停顿了一下，又重新加速。这一次她加大步幅，斜对着铁丝网跑了过去。眼看着就要撞上，她抬起右臂翻转身体，庞大的黝黑色身体刹那间腾空而起，轻松越过了铁丝网，稳稳落在轮胎上。

此时，竖发男人已经跑得精疲力竭。忽然，什么东西出现在面前。定睛一看，她已经挡在那里。竖发男人慌忙掉头，但一个趔趄倒在地上。她立刻用左手抓住他的衣领，把他提了起来。

"啊！放开！"

男人挣扎着，但那点气力根本无济于事。她把右手伸到胸前，从紧身衣里掏出手枪，食指拨开扳机后面的黑色橡胶保险，将枪口抵住男人的后背。

"你要干什么！"

几乎就在男人绝望叫喊的同时，她扣住扳机的手指开始发力。因为没有拉起手枪击锤，射击时有些费力，但这没有影响她一连串的动作。

枪响了。男人的身体高高弹起，她一放开手，男人就像木偶般摔在地上。他四肢仍在动，口中发出细微的呻吟，但已不可能再站起。

她收起手枪，爬过铁丝网。周围仍空无一人。她沿来路返回。

回到车里，她抬起倒在那里的黄发男人的手臂看了看，想知道时间。潜水手表上显示的时间是晚上九点五十分。

她甚至没多看尸体一眼，转身走到副驾驶座旁，穿上风衣，戴上帽子，将帽檐压得很低。接着，她从地图夹里拿出道路交通图，把刚才男人打开过的那页撕下来放进口袋。

她从后备厢里取出自行车，戴上骑行手套，向着黑夜蹬了起来。

8

晚上九点，对被闯入的别墅进行的现场勘查才告一段落。窗边、起居室的置物架、卧室壁柜，房间里遍布闯入者留下的指纹。经辨别，这些指纹和那间奇怪的健身房中的指纹完全一致。

这说明杀害吉村巡查的凶手闯入了这所别墅。

警方联系到别墅主人，对方称房间里似乎没有东西被盗，若一定要说丢了什么值钱的东西，至多就是一辆自行车。那是辆新山地车，应该是放在地下室，很受主人正读大学的儿子喜欢。但现场没有发现车的踪影。

警察们在起居室的桌子上摊开一张地图，在山科的带领下确定了在附近取证调查的顺序。如果凶手骑车逃走，则很可能被人目击。根据已掌握的线索，凶手是一个身高在一米八到一米九的少女，这样的身高很难不引人注目。

若在平时，取证调查会等到天亮后才进行，但这次情况紧急，不可能等那么久。次日就是星期天，那些来附近的家庭旅馆度假或在露营地野营的人很多都是一大早就出发返程。

明确了分工，刑警们每两人分为一组出发了。留在别墅的紫藤和山科等人手持电筒目送同事渐渐走远，电筒在夜色中发出微弱的光，像萤火般时隐时现。

紫藤等人留在别墅是为了等待正在赶来的别墅主人，他们必须进一步确认，除了自行车还有什么东西被盗。

“凶手骑着自行车，究竟要去哪里呢？”

送走了众人，紫藤怅然若失地望着窗外自言自语道。

“唔……”山科伸展着四肢坐在旁边的椅子上，“我觉得不该把时间都浪费在这里，是不是应该到富士吉田和御殿场看看？那里有车站，说不定能有新发现。从昨天到现在，这一带没有接到汽车被盗的报案。我们挨家询问了租车公司，也没有发现任何线索。恐怕凶手还是坐电车逃走的。”

“也许不只是逃跑那么简单，你不觉得她这么做另有目的吗？”

“你指什么？”

“我觉得和仙堂之死有关。”紫藤转过身，倚窗说道，“杀吉村君的凶手，我们暂且称她为 X。现在可以肯定，X 目睹了仙堂被杀的全过程。”

“嗯，我同意。”山科用力点点头，“鉴定科的人说，从后面那栋房子可以看到整个别墅的情况，因为他们在勘察火灾现场时，找到了一些微型摄像机的零件。不光是目睹仙堂被杀，恐怕她也看到了那些人的面孔。”

“对，所以我认为，凶手 X 是去找杀仙堂的人。”

“为什么？”

“当然是报仇。正因如此，她才夺走了吉村君的枪。”

听了紫藤的分析，山科沉吟了一会儿，皱起浓眉简短地应道：

“有可能，但我希望不是那样，也许她正躲在一个不为人知的角落，等着我们去抓她。”

“凶手身上会带钱吗？”一个姓金井的辖区刑警问道，他和紫藤年龄相仿。

“多少会有一些。”紫藤颇有把握地说道，“如果身无分文，她一定会先考虑填饱肚子，可她闯入这里后，没碰厨房的食品柜和冰箱里的东西。食品柜里放着好几种罐头，没发现被人动过的痕迹。这说明凶手身上带的钱至少够她买食物充饥。”

“有道理。那么凶手又为什么闯入这栋别墅？为了偷自行车？”

“不，进来前，她应该不知道有自行车。她一定是为了找什么东西才闯进来的。卧室的壁柜不是被翻遍了吗。”

“你想到了什么？”山科问道。

“也许是为了衣服。”

“哦。”山科和金井恍然大悟，“是要找穿的衣服。”

“凶手一直被关在那栋怪房子里，可能没什么像样的衣服。我想她是为了找一些日常的衣服才闯进来的。”

“很有可能。”山科点点头，“如果是这样，那么这一目的没有达到。房主说，壁柜里根本就没放衣服。”

“这意味着凶手仍然穿着不寻常的衣服在活动，那么如果富士吉田或者御殿场车站的工作人员看到了，一定会有印象。”

金井兴奋得眼睛里闪光，但紫藤并不认可这一说法。

“这栋别墅是否真的一件衣服都没有，还是等房主来了，把情况弄清楚后再说吧。”

房主赶来时，已过夜里十点。他姓山本，年过五旬，在一家公司工作。和他同来的还有他儿子，一个大学生。

“幸亏没放值钱的东西。这房子是去年刚买的，正想要买点家具和装饰品呢。”山本解释道。

紫藤和他的儿子一起走到地下室。看到眼前的情景，大学生不禁咂咂嘴说道：“真倒霉，车还是新的呢。”

“其他没丢什么东西吗？”

“嗯……”大学生环视房间，四下里散落着木工和野营工具。他有些怅然地说：“背包没了。”

“什么？”

“背包。原来挂在这里的。夏天有一次骑车郊游，傍晚遇上阵雨被淋湿了，后来挂在这里晾着，回去时没收拾。啊……”大学生的嘴张得大大的，东张西望地四下寻找，“哎呀！全都不见啦！”

“什么？”

“那天淋湿的东西。帽子、眼镜、所有东西。”

“等一会儿。”紫藤说着拿出记事本。

白底加红蓝两色条纹的三色风衣、蓝色运动短裤、红色带檐帽、白色骑行手套、红背包、运动眼镜——这些都和自行车一起消失了。根据这些物品可以推断出凶手逃走时的穿着，他们立即将这一情况通知在外取证调查的刑警们。

还差几分钟就到零点时，等在调查总部的紫藤从两个刑警那里得知了一个重要情况。

前一天下午四点左右，有人在三国岭一带见到了那个人。目击者是在湖边的家庭旅馆借宿的几个大学生，他们来自同一所大学的网球俱乐部。那天结束练习后，他们一行男女四人骑车郊游。有一个骑车人飞速超过了他们。那一带都是上坡路，虽然他们几人平时不乏锻炼，蹬起车来仍然觉得吃力。那个人却丝毫不费力气，把他们远远甩在后面。

根据这四人的描述，那人的穿着打扮和凶手的特征一致。“而且，四个人都说那人的个子很高，至少也有一米八。”剃平头的刑警为这个收获兴奋不已，激动地说道。

“看来没错。”山科看着一科科长加藤。

加藤也连连点头，说道：“她翻越三国岭要去哪里？”

“一般是到明神岭以后，再到小山町。到了骏河小山车站，就可以乘火车了。还有一条路通往丹泽湖，但那样就绕远了。”山科边看着贴在黑板上的地图边说。

“那么不管走哪条路，她都已经出了山梨县？”加藤撇着嘴挠了挠头，仿佛这是他最不愿听到的结果，“唔，和静冈县警方联系了吗？”

“已经请他们协助调查骏河小山车站及周边一带，如果她坐火车，就一定会在附近找到她扔掉的自行车。”

“接下来就要靠车站工作人员的回忆了。但就算他们对这个人有印象，恐怕也不会知道她去了哪里。”

“各位，我有个想法。”紫藤举手示意了一下，说道，“是否可以设想凶手不乘火车，而是继续骑车？”

这个想法有些出人意料，加藤一下子没明白。过了一会儿，他夸张地苦笑起来。“你是说她只靠骑车逃跑吗？”

“我认为有可能。这个人体力相当好，对她来说，自行车比其他交通手段也许更有效。”

加藤收起了笑容，似乎也觉得紫藤的想法有道理，转而问山科：“你怎么想？”

“我觉得不能完全否定这种可能性。那样一副穿着非常引人注意，可如果骑车，就没什么稀奇的。再说为了避人耳目，她恐怕也不会利用公共交通工具。”

“好！”加藤一拍桌子站了起来，“马上画出凶手的肖像图，给静冈和神奈川警察局各送一份。”

山科高声回答：“是。”在座的刑警们听到他的回答，重新进入紧张状态。

但紫藤仍在思考。如果凶手真是骑车逃窜，而且拥有过人体力，现在可能已经到了他们的能力无法掌控的地方。

9

来到一栋建筑前，她下了自行车。

这是一栋位于住宅区的扁平建筑，四周用铁栅栏围着，院子里种着一些植物。入口的大门上镶着玻璃，像是高级酒店。门紧锁着，屋内一片漆黑。

她站在门前张望，发现二楼好像亮着灯，安生拓马应该就在那里。

其实，她来这里之前往拓马家打了电话，以确认他是否在家。这是她第一次用公用电话，但很容易就打通了。

接电话的是拓马的妻子。“安生先生在家吗？”这句日语她说得堪称流利。拓马的妻子告诉她，丈夫还没有下班，并问她叫什么名字。她当然没有回答就挂断了电话。

凭借手里的地图和路上巨大的广告牌，她几乎没怎么犹豫就找到了健身俱乐部。附近除了这个俱乐部，似乎再没有占地这么大的建筑。

她再次骑上车，转到房子后面。这里是停车场，只有一辆沃尔沃停在那里。

她脱下风衣，把帽子和眼镜裹在衣服里，放在自行车旁边。她的紧身衣胸前别着那把手枪。

停车场四周也围着铁栅栏，高度约有两米，她毫不费力地翻了进去。

房子有一道后门，她拧了拧把手，这里也锁着。门是铁质的，就算凭她的力气也不可能打开。

那辆白色沃尔沃停在房子外墙旁边。她走近朝车里看了看，想知道这是不是拓马的车，如果是，就可以伏击他。但看了半天，她也没能得出结论。

正在她目不转睛地盯着车里时，一个声音在背后响起："喂，干什么的？"

她慢慢转过身。对面站着一个个子不高的男人，手拿手电筒，戴着像警察一样的帽子。

看到她，男人吃惊地眨了眨眼睛，用手电筒照着她走了过来。

"女人？"他仍半信半疑，一直盯着她的胸部，"你从哪里进来的？在干什么？"

她把手伸进紧身衣，从胸前拿出手枪。那人见状立刻两腿发软。

"别！别开枪！"

她大步向男人走过去，就像提起一只野猫似的揪住他的衣领。男人发出一声短促的尖叫。

她逼着男人向前走，男人只好迈着早已不听使唤的双腿踉跄地向前。到了那扇后门，她松开手，用下巴指指那扇门，让他把锁打开。

"马上开。稍等一下。"

男人从腰间取下一串钥匙，哆哆嗦嗦地翻找着。钥匙很快就找到了，但他的手抖得厉害，无法把它插到孔里。她一把夺过钥匙，打开了门。

接着她伸出左手，示意要手电筒。男人浑身发抖地递给了她。她接过关掉电源，然后高高举起，猛地砸了下来。手电筒的前端砸到了男人的头部右侧。男人发出一声闷响，随即倒了下去。

她扔下手电筒，打开门走了进去。

10

安生拓马正俯卧在诺德士牌健身器材的条凳上做膝关节的弯曲练习。这里有几十台这样的名牌健身器材，一到周末，无论是一楼的游泳池、壁球场，还是二楼的健身房，都人满为患。最近人们越来越重视锻炼，这里的会员也日益增加，不过拓马已经决定不再吸收更多的会员。只有让会员们支付高额的入会费，才能让他们产生优越感。如果在使用设施时不得不排队等候，很容易失去那些自尊心很强的客人。

然而，如果不增加客人的数量，就必须想办法提高服务附加值，增加消费机会。拓马计划增设一个“健康沙龙”来吸引会员消费，他连续几天都很晚才离开这里，就是为了早些实现这一想法。

俱乐部的总经理叫芦田善一，是拓马的妻子惠美子的父亲。当年，拓马还是全日本举重冠军时，通过恩师的介绍结识了芦田父女二人。老芦田对他钟爱有加，给了他很多帮助。拓马也被老芦田的人格魅力吸引，更深深为惠美子倾倒。惠美子不是公认的美女，但性格乖巧细腻，而且骨子里有股韧劲，拓马觉得只有她才配做自己的妻子。

惠美子也爱他。终于有一天，他的梦想成了现实。在他还差两年就将结束运动生涯时，他们举行了婚礼。就在那年，他开始跟随岳父工作。

拓马没有辜负岳父的期待，不仅学到了许多东西，还有效地吸收转化，灵活地运用在工作上。他能够成为公司董事，并不只因为他是总经理的女婿，更因为他为公司所做的贡献。

拓马也感觉到，老芦田迟早会把公司交给他，只要一切顺利，那样的结果顺理成章。

一切都一帆风顺，惠美子为他生了个儿子，生活本应平静地过下去。

除了一件事情……

拓马停止动作，闭上眼睛。那天晚上的大火，还有仙堂的死，又浮现在脑海里。

为什么事到如今还耿耿于怀？事情已经过去，自己为何还在痛苦中无法自拔呢？

拓马翻身仰躺，举起双手。这双手现在衰弱了许多，可它们当年举起的重量差一点打破世界纪录。而那强劲肌肉的秘密，绝对不能让别人发现。不，应该说，他只希望这件事不要被他尊敬的岳父和深爱的妻子发现。如果他们知道真相，以岳父那样严厉的性格，一定会瞧不起他。

“无论如何，都要保守那个秘密。”拓马望着天花板上的白色荧光灯喃喃自语。

忽然，灯灭了。

他吃惊地坐起身来。没收到停电的通知。

不等眼睛适应黑暗，他就站起来，小心翼翼地从器材间穿过。窗外照进一些微弱的光亮，使得他能够稍稍看清楚周围的情况。

走到室内跑步机区域时，他松了口气，从这里闭着眼睛都能走到出口。

正要继续往前走，忽然传来了一丝轻微的响声。拓马全身都紧张起来。“谁？”直觉告诉他，一定有人。

拓马睁大眼睛，环视如黑色岩石般排列的健身器材，他感觉到在器材后面藏着一个人。

如果真是那样，他能想到的只有一个——那个少女，毒蜘蛛塔兰图拉！

拓马浑身僵硬起来。碰面比预想要早，但这正合他意，他很高兴她没有被警察抓到，而是出现在这里。而且，他觉得这少女最早来找自己，就不会给其他几人带来更多麻烦。

眼角的余光扫到了一个身影在动。

拓马做好了应战准备，没错，就是她。

他考虑了一下是否应该把灯打开。若动作快，只需几秒就能到门口。可他不知道开灯是否对自己有利。毕竟他熟悉这个房间里的一切，就算光线很暗也能走动。而且，如果对手开枪，黑暗还可以帮助他躲避。

想到这里，他决定维持现状，于是迅速躲到身旁的器材后面。

他屏住呼吸仔细听着周围的动静，空气中充满微妙的气氛，能够听到细微的衣服摩擦声和呼吸声。

拓马弓身在器材间移动，他已经适应了黑暗，甚至能看清器材的每处细节。

忽然，右侧发出巨大的声响。拓马伏在地上，循声爬去，慢慢从器材的缝隙中探头观察。那里是举重训练时进行等张训练使用的区域，摆着杠铃等许多传统器材。

他看到一个哑铃滚落在举重练习凳旁边，声音就是从那里发出的。那女人到底在哪里？

正想着，他忽觉头上有动静。一抬头，他看到从屋顶悬下来的一根训练绳上挂着一团黑影，正张开手脚落下。

在他迟疑的一瞬间，那团黑影已扑到他背上，双腿夹住他，两手勒住他的喉咙。他拼命站起身，抓住对方的手腕想要掰开。接触手腕的一瞬，他感到了那少女强健的肌肉。那手腕使出了强大的力量，紧紧扼住他的咽喉。换成一般男人，恐怕早就丧失意识了，但拓马不同。他用尽力气，终于把她的手从脖子上掰开。他正要反击，右耳忽觉一阵钻心的疼痛，那少女咬了他！剧烈的疼痛使他不由得放开了手，几乎就在同时，少女也离开了他的后背。

拓马回过头，看到一个比他还高的少女站在面前，富有弹性的肌肉反射着微弱的光亮。只见她把手伸向胸口，掏出了一个黝黑的东西。没等反应出那是什么，拓马已闪身躲向一旁。紧接着，随着一道亮光，枪声响了。

少女追了上来，再次举起枪。拓马躲在身边的器材后面。这一次她并没有开枪，屋内光线很暗，而且她毕竟还不能熟练地射击。子弹有限，除非距离很近时有十足把握，否则她不会随便开枪。

拓马悄悄移动着。他摸摸右耳，手上黏黏的，好像流了很多血。疼痛不断袭来，他观察着周围，迫使自己不去想那伤口。终于，他找到了武器——一根放在凳子上的哑铃杆，他把它拿在右手里，藏在一根柱子后面。

过了一会儿，他听到运动鞋踩在地毯上发出的轻微摩擦声。

根据声音判断，那少女正向他一步步走近。

当少女出现在右侧时，拓马从柱子后冲了出来，举起哑铃杆打落了少女手中的枪。接着，他又向少女的脸部挥去，可少女紧紧抓住了他的手，想要抢夺。看到她的脸，拓马着实吃了一惊。

在黑暗中看不清楚，但那少女脸庞轮廓清晰，下巴很尖，肯定不是纯粹的日本人。

在争夺中，哑铃杆掉在地上。拓马推开少女，飞身去捡地上的枪。但当他拿起枪转过身来，却发现少女不见了。

顷刻间，形势逆转。

拓马举着枪，小心翼翼地观察四周。那少女也一定在等待夺回主动权，但拓马已经决定把握这次机会杀死她。至于怎么处理尸体，可以再慢慢考虑，只要杀了她，那件事就再也不会打扰他的生活。

眼前仍是一片漆黑，感觉不到对手的行踪。拓马想到了开灯，有枪在手，开灯自然对自己有利。

他边观察边摸索到了门口，墙上有一排荧光灯的开关。

他用手指牢牢扣住扳机，盯着屋内，左手摸到开关。只要把灯打开，对手就将无处藏身，肯定会采取行动，而他，将在她行动之前杀死她!

他调整了一下呼吸，手指按住开关。

就在这时，他感到背后有动静。

“啊！”还没等转身，拓马的后脑便受到重重一击。他力气尽失，瞬间丧失了意识。

当他醒来时，发现自己躺在地上，周围仍一片黑暗。他头部发沉，怎么也站不起来。可是，他很清楚地意识到，一个影子正从上面望着他——是那个少女，塔兰图拉毒蜘蛛！从下面看上去，她的身体似乎更加庞大。

拓马喃喃道："完了。"

刚才还在他手里的枪，从少女手中喷出火焰。

11

九月十三日，星期天，下午一点刚过，紫藤和山科等人正在成城警察局会议室里。

“应该没错。”警视厅调查一科的绀野警视看着鉴定人员送来的报告，说道，“两发子弹都是从吉村巡查的枪里射出来的。”

“果然。”

山科抱起双臂，露出一副痛苦的表情。紫藤也和他一样。他们非常不希望看到这样的结果，但事实说明，他们预料的最坏情况还是发生了。

“就是说，凶手至少已经开了三枪，应该还剩两发。”

来自神奈川县警总部的日下警部说道。他满头银发，颇具学者风范。被盗的手枪属于新南部系列，可以装五发子弹。

“只剩两发了，但也可以说还有两发！重要的是，凶手到底打算怎么用那两发子弹。”

绀野警视的话似乎代表了在场所有人的意见。这次的凶手非同一般，警方充分认识到了这一点。

警察局首先接到的报案，是健身俱乐部的凶杀案。

早上七点左右，一个路过的行人发现了倒在停车场内的警卫，随后人们又在俱乐部内发现了遭到枪击的尸体。

警卫还活着，但受了重伤，颅骨塌陷，昏迷不醒。根据勘察，凶器正是掉落在他身旁的不锈钢手电筒。

屋内死者的身份很快查明，是这家俱乐部的董事、总经理的女婿安生拓马。子弹射中了他的心脏，这无疑是致命一击。现场发现了搏斗的痕迹和点状血迹。根据死者右耳上的咬痕，验尸官断定血是从那里滴落下来的。

接到报案后，成城警察局立即成立了调查总部。警视厅派来了绀野警视和以小寺警部为组长的十人小组，此外还有一个十五人组成的机动侦查组。

枪击案的发生首先让警察们想到可能与暴力团体有关，但警视忽然想起山梨县发生的警察被杀一案，便和山梨县警取得联系，要求提供吉村巡查配枪的相关资料——警察的配枪都要求对试射子弹和弹壳登记造册。

接到联系后，紫藤和金井决定带着相关资料奔赴东京。他们不能确信凶手是同一个人，但有件事让他们耿耿于怀——案发现场是健身俱乐部，和那个奇怪的健身房有着相似之处。

他们即将出发时，又得知了一个情况。这次发出通报的是神奈川县警，他们在座间市的一个材料堆积场里发现了被枪杀的尸体，需要对子弹进行鉴定。

被害者有两人，均死于他杀。现场停着一辆丰田陆地巡洋舰汽车，应该是这两人开来的。一个被害人被勒死在车旁，另一人在两百多米外的废旧轮胎堆积场被发现，是被枪杀的。

两起案件的发生很难让人相信是出于偶然，于是，山科决定和紫藤他们一同前往。

鉴定结果正如绀野警视所料，实在是到了最糟糕的地步。毫无疑问，杀吉村巡查的凶手又制造了这起案件。

三个地方同时设立了调查总部，协同调查。山科向警视厅和神奈川县警的刑警们通报了十日发生火灾后的大致情况。

“很难想象普通人能做出这种事。”绀野警视低声说道，“凶手一个晚上杀了三个男人，还有一个受了重伤。其中，安生拓马的体格是一般男人很难抗衡的，就连他也这么轻易就被……这都是一个女人干的！”

“如果认为那是一个普通人、一个普通女人，就错了。这是一个骑着自行车逃跑的女人。”山科说。

成城警察局的刑事科长随口问道：“凶手的动机是什么？难道是无差别杀人？”

绀野警视断然否定：“不，应该不是。如果只想开枪杀人，那么这四个受害人都会没命。我觉得还是应该考虑她的作案动机。就像山科所说，我觉得这个案子很可能和仙堂被杀一案有关。”

“健身俱乐部一案暂且不谈，我想我们这个案子应该是凶手在逃跑途中做的。”开口说话的是神奈川县警的日下警部，“根据对被害人进行的调查，昨晚八点左右，两名被害人开车在本厚木车站一带闲逛，之前还有一人和他们在一起，但中途下了车。据他说，两人被害的现场是以前他们经常带着被诱骗的女孩去的地方。至于去那里的目的嘛，不用说大家也知道。”

这么说，两个人这次的目标是一个巨人一样的少女。一个刑警似乎和紫藤想到了一起，调侃道：“如果勾引的是个怪物，那就要搭上性命了。”可是谁也没有笑。

绀野歪着头，面露难色。“看来现在还很难把握真实情况，这到底是一个什么样的少女呢？”

山科看着他，坚定地说：“我们正在详细调查仙堂，我想只要把仙堂的来历弄清楚，一定会知道那少女的真面目。”

商定今后的调查方针，山科就和金井出发前往座间警察局。有两个刑警要向安生的妻子取证，紫藤决定和他们一起去。这两人一个是成城警察局的刑警田代，还有一个是由警视厅派来的警部补根岸。田代是个面容粗糙的中年人，周身散发着一种上等兵的气质。根岸则身材修长，看起来像一个青年实业家。两人似乎已不是初次合作了。

听他们说，本应更早向安生的妻子取证，可她听到丈夫被杀的消息后受了很大刺激，所以才将时间延后。

安生家所在的住宅区就像棋盘一样，规划得非常整齐。田代悻悻地说：“只有有钱人才能住在这里。”

安生惠美子在家，眼睛红红的，看来流了不少眼泪。家里来了不少人，她把刑警们引到客厅。

根岸问起凶手的杀人动机时，惠美子挺起背，非常肯定地说道：“一点线索也没有。”她瞪着面前的三个刑警，似乎没有想到会被这么问。这副表情无论如何也不能让人把她和痛失丈夫的妻子联系起来。紫藤不禁想，有钱人家的小姐里也会有这样的人。

根岸又问：“最近您丈夫有什么奇怪的举动吗？”

“他最近很忙，很晚才回来，似乎非常疲惫，不过并没有什么异常。”

“还有，您丈夫在俱乐部的办公室里一直待到很晚这件事，昨天和谁说起过吗？”

“没有……”惠美子正要说下去，忽然张大了嘴，“啊！昨天很晚的时候有个电话找他，大概刚过十二点，我跟她说，他去上班还没有回来。刚要问她是谁，电话就挂断了……真是的，我怎么一直没想起这件事！”

她捂着脸颊摇了摇头，好像自己犯了大错。

三个刑警对视着点点头。凶手因此才没到他家，而去了健身俱乐部。

田代继续问道：“是什么样的声音？”

“是个女的，声音有点沙哑……还有，她的发音有点怪，像是外国人。”

“外国人？”紫藤不禁说出了声。之前他并非没有想到，而且还有所察觉。毕竟一米八到一米九的日本女人实在少之又少。

根岸接着问道：“电话只有那一次吗？”

“是的。”她优雅地点点头，“不久我丈夫也打电话回来，说要锻炼一会儿再回家，让我先睡。”

“您跟他说那个电话的事了吗？”

“说了。”

“他说什么？”

“说这么晚了会是谁呢，他也感觉有些奇怪。”

“后来，您丈夫直到早晨也没回家，您没觉得不对劲吗？”

“是有点，可他以前也曾在办公室过夜，谁想到会发生这样的事……”

惠美子紧紧咬住嘴唇，声音有些哽咽，眼睛发红，但没有在他们面前掉眼泪。

根岸等人又询问了安生拓马的交友情况。据惠美子说，她丈夫无论在工作还是私生活方面都无可挑剔。

紫藤边听边望着摆在架子上的奖牌和奖杯。他刚从成城警察局听说，安生拓马是一位非常有名的举重运动员。

根岸结束了询问，对紫藤说："有什么问题吗？"

"只有两个。"紫藤端正坐姿，"您听说过仙堂这个姓氏吗？仙堂之则，您丈夫说起过吗？"

"仙堂……没听说过。"她一边重复，一边摇摇头。

"第二个问题，这个月的九日到十日，您丈夫外出过吗？"

"九日到十日，是周三和周四吧。"好像脑中有张日程表，惠美子想了一会儿说，"是的，外出了，和客户去伊豆打高尔夫球。"

"您知道那个客户的联系方式吗？"

"知道……请您稍等。"

惠美子有些不解，但还是走出了客厅。

客厅门关上后，田代凑到紫藤面前。"你的意思是安生和仙堂被杀一案有关？"

"我也没有把握，只觉得有可能。"

根岸表示赞成："确实可以那么推测，也就是说，这件案子是为仙堂被杀而进行的复仇。"

惠美子回到了客厅，把一位和安生拓马一起打高尔夫球的中小企业经营者的名字和联系方式告诉了他们。

"不知道您为什么会问这件事，希望不要给这位先生带来麻烦，拜托您了。"她皱着眉头叮嘱道。

紫藤边记录边回答："非常理解。"

惠美子并不明白警方询问她丈夫九日和十日去向的用意，也许她已经在新闻报道里看到了山中湖发生的案件，可怎么也想不到丈夫的死和那件案子有什么关系。如果她得知紫藤的用意，一定会勃然大怒。

离开安生家，紫藤和根岸等人一起回到成城警察局，和刑事科长、绀野警视打过招呼后，便返回山梨。

12

傍晚五点过后，有介才通过润也打来的电话得知拓马的死讯。他从早晨起一直待在家里的工作间中，连电视也没看。

听得出，润也的声音一直在颤抖。和有介相比，润也胆量更大些，越是重大比赛发挥得越好，可这次连他都发了慌。

有介手握听筒僵立着，脑中一片空白，无法思考。

过了良久，他才蹦出一句话："跟翔子联系了吗？"他的嗓子干得要命，很难说出话来。

"刚才打电话她没在。我给她留了言，让她回来跟我联系。"

"没在……是去工作了吧。"有介脑中掠过一丝不祥的预感。

"也许吧，今天是星期天，她应该会报道六点半的体育新闻。"

"哦，是吗……"

"你到我这儿来吧，我们得想个对策。"

"好。"有介看看表，"我看完六点半的体育新闻就去。"

润也听出了他的意思，应声道："是啊，还是看了节目放心。"

有介放下电话走出房间，小夜子正在厨房里准备晚饭。有介跟她说一会儿要去找润也，她随口应道："这段时间常去润也那里啊。"她无论如何也想不到，丈夫究竟卷入了什么事情。

有介从报箱里取回晚报，翻看电视节目预告栏，上面没有新闻报道。他想问小夜子有没有听说拓马被杀一事，但话到嘴边又咽了回去。小夜子不知道他和拓马的关系，万一问起此事，弄不好会让她担心。

有介站在玻璃窗前，隔着阳台向外望去。天还没完全黑下来，路上停着几辆正在等信号灯的车。那条路很宽，路边停了不少车，一个家庭主妇正提着购物袋从车旁走过。

在这样一幅日常风景里，有介脑中浮现出一个黑色的人影，一个要来取自己性命的巨大阴影。他怎么也不能相信那是真的，可事实是，已经有一个同伴被杀了。

润也告诉他，健身俱乐部的警卫也受了重伤，看来这个塔兰图拉为达目的不择手段。但无论如何，他绝对不能连累小夜子。

想到这里，他不禁说出了声："你还是尽量少出去为好。"

"咦，为什么？"小夜子正往餐桌上摆餐具，闻言停住了手。

"哦，这个……还不是因为担心你的身体嘛。不是说怀孕三个月左右时最需要注意吗？"

"没关系，我会很小心的，而且一点不活动也不好。"

看到丈夫这么关心自己，小夜子非常高兴，哼着歌进了厨房。看着她的背影，有介改变了主意——就算躲在家中，也一样有危险。对手在杀人时根本不考虑策略，也许随时都会强行闯进家里。

正吃晚饭时，六点半到了。有介打开电视，调到体育新闻频道。节目刚开始，屏幕上先出现了一个男主播，接着画面一转，助理主播佐仓翔子出现在屏幕上。

有介终于松了口气，翔子没出事。

“今天，全国各地都在举行各种体育活动，但首先要播报一条令人悲伤的消息。前全国举重冠军安生拓马昨晚被枪杀……”

男主播开始播报事件概况。有介停下了举着筷子的手，目不转睛地盯着屏幕。新闻内容和润也所言差不多，但主播接下来的话使他大为震惊。

“神奈川座间市也发生了两名青年被杀案件。据警方调查，很有可能是同一人所为。对于制造两起案件的凶手，只能用惨无人道形容。”

有介心想，那两个青年是谁呢？或许也和那个少女有什么联系。这不禁让他想重新审视，这个前来追杀他们的少女到底是何许人物。

“这个节目还是第一次播这样的新闻，因为被害人是运动员吧。”和完全没了食欲的有介相反，小夜子一直没有停下筷子。

“是啊。”

“佐仓翔子好像也没什么精神。”

听妻子一说，有介心下一紧，视线又回到电视画面。

大约从一年前，翔子开始频繁出现在电视上。当她还是体操运动员时，就因容貌姣好而拥有不少支持者。自从去年被某体育节目选中做记者，她更是人气陡升。现在，除了体育节目，她有时还会出现在其他节目中。

果如小夜子所言，屏幕上的翔子脸色有些苍白。

抵达润也的公寓时，有介看到他正在往旅行箱和运动背包里塞东西。

有介避开散落在地上的衣物问道："你要去旅游吗？"

"我决定到宿舍住一段时间。刚才我给领队打了电话，说想和队员们一起食宿，他同意了。"

润也边说边把成堆的内衣塞进背包。

"有空房间吗？"

"有个三人间，现在只住了两个人，我打算在那儿将就一下。队员们或许没想到会有人去碍事，可对我来说性命攸关啊。"

润也供职于一家叫桂化工的公司。名义上，他在业务部劳务科，但实际工作是田径队教练。至于劳务科，只需一周去一回，待上半天即可。

田径队的宿舍在八王子，附近就有一块场地，便于随时训练。润也每天早上都要开车去那里。

"你是要……逃避吗？"有介问道。

润也不答，只是继续收拾行李。待告一段落时，他砰地拍了一下背包，抬头看着有介说道："是的，我要逃跑。"

"可迟早有一天她会找到你的。"

"也许吧，但至少能拖延一段时间，希望警察能在这段时间里抓到她——那个塔兰图拉。"

"你忘了拓马是怎么说的吗？那个人一旦被抓，我们就都完了。"

"那又能怎样？像拓马说的那样出击应战？拓马又落得了什么结局！"润也摇头不已，"我放弃。那个怪物能杀拓马，我们绝对不是她的对手，而且我和拓马不一样，从一开始就没想跟她作对。"

"你是说做好了一切都将败露的准备？"

润也点点头。"我有一定的思想准备，但未必真到那个地步。

不知那个女怪物手里是不是掌握我们的资料，就算有，我们也可以死不承认。警察恐怕也不会完全相信一个杀人狂的话。而且……”他歇了口气，淡然一笑，“实在不行，我就去自首。我和拓马不同，不会失去太多东西，就算不能再吃田径这碗饭，也总能生存下去。有介，你和我是一样的。现在这个社会，就连进监狱的人都能出书，说不定能因祸得福呢。”

润也最后的话令有介有些不快，但他没有反驳，而是提出了另一个难题：“那杀死仙堂的事又怎么说？”

润也盘着腿，向有介倾了倾身，低声说道：“关于那件事，我一直想确认一个问题。”

“什么？”

“我们没有动手杀仙堂，是翔子杀了他。”

有介睁大了眼睛。润也表情扭曲地说道：“现在不是说漂亮话的时候。翔子杀仙堂是我们始料未及的。只要向警察说明这一点，我们俩就不会有事。”

“那我们不帮翔子了？”

“我们怎么帮她？她杀了人啊。”

润也正说得唾沫横飞，门铃响了。两人瞬间头脑一片空白。

“是翔子吧。”

润也站起来，刚要去开门又转身蹲下，将食指放在嘴唇上说道：“可别对她说。”

果然是翔子。她穿着格子短裤，照旧戴着太阳镜。当她摘下眼镜时，表情比在电视上还要僵硬。

“你要逃跑吗？”

看到行李箱和背包，她不禁脱口而出。

“我要改变防守范围。有介最近刚搬家，翔子你由于工作关系经常外出，你们都不容易被她找到，我可是一年到头都住在这里。”

“我也不是经常外出啊。你改变防守范围以后打算怎么办？”

“还不好说。总之先拖延一下时间，再考虑下一步对策。当然，最后要击败塔兰图拉，这一点不会改变。是吧，有介？”

看到润也的目光，有介无奈之下轻轻点头。

13

杀了安生拓马后，她没有马上离开现场。她知道应尽快离开，可有件事必须要做。

她想洗个澡。健身俱乐部里浴室随处可见。她太想洗掉身上的污垢和汗水了。

她脱掉衣服冲了个澡，然后穿上被汗浸透的紧身衣和蓝色短裤，她很喜欢那条短裤。接着，她又穿上脱下的袜子和运动鞋。

朝出口走时，角落里的一个小卖部引起了她的注意。柜台里摆放着崭新的训练服和运动鞋。她看了看，从陈列柜里拿了一双袜子穿上，雪白的袜子和她褐色的脚非常相称。她穿上鞋，把旧袜子扔进旁边的垃圾箱。

她又从衣架上的防风短上衣里挑了一件黑色防寒夹克，夹克背后印着一所以篮球著称的美国大学校名，号码是 XL 的，有些小，但她还是穿着向出口走去。

她骑车继续向东，因为她觉得一直往东就会到达东京的中心地带。至于到达之后的事情，她还没怎么考虑。途中，她把一直穿戴的连帽风衣和红色运动帽扔进了路边的垃圾箱。

骑了不到三十分钟，她便确信已来到东京的中心地带。这里高楼林立，虽已是深夜，路上却仍有很多人。有一处地方聚集的人多得让她吃惊，她想，也许今晚有什么狂欢。行人几乎都是中学低年级的孩子，不过日本人看起来往往比实际年龄要小，说不定是高年级的。

在她看来，那些孩子似乎是在漫无目的地闲逛。许多人蹲在路边，她不明白他们为什么不回家。他们无论怎么看都不像流浪汉，每个人都穿得很新潮时尚，而且看上去非常享受。

偶尔有年轻人开车跟年轻女孩搭讪，邀她们上车。她看到一个看上去不过十三四岁的女孩毫不犹豫地上了一辆车，这让她想起开着四轮驱动车邀请她的那两个人。她想，面前这个和女孩搭讪的男人，大概也会找个地方对那女孩做同样的事情。

她推着自行车往前走。有几个人看了她几眼，目光里并未显示出兴趣。他们只是注意到她与众不同的庞大体格，随即便回到了自己的世界。至少，没人因她不是日本人而感兴趣。

不远处则是另一番景象，建筑的装修风格匪夷所思，不知从哪里冒出的一对男女走进了其中的一幢。再往前走，一些年轻女人百无聊赖地站在路边，衣着艳丽暴露。仔细看去，其中除了日本人，还有一些白人和黑人。她们看着她骑车穿过街道，目光里充满敌意。

转了一会儿，她来到一栋庞大的建筑前。那是一个车站，上面写着“SHIBUYA”[①]，对她来说，那是一个陌生的名字。

---

①即涩谷。

她看到一个地铁入口，便把自行车停在那里，向下走去。已经过了末班车的时间，地下没有行人，角落里有一些身下铺着报纸、蜷缩着睡在地上的男人。他们衣着邋遢不堪，像是被人丢弃的垃圾。她知道这些人才是真正无家可归的流浪汉，但仍不明白刚才那些年轻人的身份，以及两者之间有何关系。

她走到一面墙壁前，靠着蹲了下来。旁边不远处躺着一个脏兮兮的男人，身上盖着一张报纸。那人似乎察觉到了什么，转过头看了看。他的脸也很脏。

两人目光相对，那人立刻露出一副胆怯的表情，站起身，战战兢兢地离开了。两个破烂纸袋是他全部的行李。

她随手拿过那人落下的一摞报纸，学着他的样子摊开一张盖在身上，发觉像盖着毛毯一样，顿时暖和了许多，便又用报纸把脚也裹了起来。

不久，强烈的睡意笼罩了她。

嘈杂声把她吵醒时，周围已是人潮熙攘。她回到地上，那里也有许多人来来往往，和昨夜的情形大不相同。太阳明晃晃的，她戴上运动眼镜。

自行车已不见踪影，不知道是被偷了还是被清障部门搬走了，反正她也不觉可惜。为避开警察的视线，也该处理那辆车了。

她从口袋里掏出一张纸，上面写着四个名字，安生拓马已经撕掉了。

丹羽润也 JUNYA NIWA 杉并区高圆寺北

这是她的下一个目标。可是怎么才能找到那个地方呢？她全无线索，甚至不知那个地址用日语怎么说。

她首先想到乘出租车前往，只要向司机出示地址即可。可她想先弄清自己目前所处的位置、对手的方向和两地间的距离。而且就算行动，也是夜晚更方便。

在车站周围徘徊时，她看到一家书店，门口似乎摆着地图。她走进去，夹在一群日本人中抬头望向书架。

她本想找日本特别是东京的详细地图，但一本有着红色“CANADA”字样的书映入眼帘。她拿在手中翻了几页，好像不是地图册，而是介绍加拿大这个国家的书，里面包含了一些主要地区图，还有风景照片。

她想找“魁北克省”这几个字，很快就找到了，可那一页净是魁北克市的旧街市，还有蒙特利尔的相关内容。书里并没有她要找的加斯佩这个地名，但有圣劳伦斯河的照片。照片里的河水清澈透底，静静地流淌着，和她印象中那条像灰暗大海一般的大河完全不同。

她把书放回原处，继续寻找东京地图，书架上好像摆了许多那一类的东西。

“您是找东京地图吗？”

忽然，旁边响起一个声音。回头一看，一个小个子女人正微笑地看着她，从穿着能够看出是这里的店员。她没说话，小个子女人脸上浮现出一丝不安的神情。

“嗯，日语，你……”

她点点头。

店员好像松了口气，用很慢的语速问道：“您是在找东京的地图吗？”

她又点点头，拿出那张写着三个人住址的纸片。

“想去这个地方吗？”

她再次点头。

“这样啊。”女店员从书架上抽出一本薄册子对她说，“这个比较合适。”她接过来看了一下，马上就明白了女店员选这本地图册的理由——上面一些主要街区的名字同时标注了汉字和发音。

她点点头，从夹克口袋里掏出三张纸币和一些硬币。

“嗯，一共一千五百元。”

女店员从她手中数出书钱，拿着地图册向收银台走去。过了一会儿，她拿着装书的袋子和收据走了回来。“感谢您的光临。”

看着女店员的笑容，她僵硬的嘴角也露出了一丝笑意。

走出书店，她进了附近的一家咖啡店，点了意大利面和三明治，边吃边看那本地图。地图上的东京让人越看越觉得曲折蜿蜒，铁道路线就像一张错综复杂的网。

她先找到 SHIBUYA 的位置，然后依靠对字形的辨认找到了杉并区，又找到了高圆寺这几个字。

从地图上看，这里距高圆寺约八公里，相当于她每天跑步的距离。

她决定继续在地图上寻找另外两人的住址。

日浦有介 YUSUKE HIURA 武藏野市吉祥寺南町

佐仓翔子 SYOKO SAKURA 品川区北品川

她反复看了几遍，也没弄清“武藏野”的字形。她不时把手指伸到眼镜后面揉按眼角。

一小时后，她终于弄清了另外两个住址的位置。日浦和丹羽在同一个方向，但离这里稍远。佐仓在南边，离这里约六公里。

走出咖啡店，她只迟疑了几秒便向南走去。她决定先去最近的地方。

刚过中午，她就到达了品川，但找佐仓的住所耽误了一些时间。佐仓住的是套间单元，在日本一般叫“公寓”。在品川，这样的公寓有好几座，她找到的那座是一栋墙体贴着淡茶色瓷砖的六层建筑。

在公寓附近的电话亭里，她拨通了佐仓家的电话，看对方是否在家。铃响五次后，响起了接通的声音。

“您好，我是佐仓，现在不在家，请听到提示音后留下您的姓名和联系事项。”

提示音响起，她随即挂断电话。虽是录音，但她能够肯定，那就是那天晚上闯入别墅的女人的声音。

但现在佐仓不在家。

她走出电话亭，从公寓正门走进大堂。那是一个小小的门厅，再往里走，必须通过一道玻璃门。门上装有门禁，旁边有一个带听筒的键盘，门的斜上方装着摄像头。

一个年轻女人从背后走近，按了几下键盘，玻璃门无声地开了。女人走了进去。

大堂的角落有一部电梯，她走了过去，发现电梯只能通往地下车库。

她乘电梯下到车库，里面停了很多车，不知哪一辆是佐仓的。但如果佐仓开车外出，那么她的车现在就不会停在这里。

她从停在身边的车开始，逐一试着拉动把手，所有的车都锁得结结实实。试了十几次后，一辆日本轿车的门轻而易举地就被拉开了。她毫不犹豫地钻了进去，从那里刚好能清楚地看到电梯。

如果佐仓开车外出，那么回来时一定会经过这里。就算这次不是，下次开车时也一定会到这里来。她根本就没有想过，也许佐仓没有车。她认为，日本的有钱人至少会拥有一辆车。

她在车里一待就是几个小时，其间视线从未离开过电梯。出出进进的人有十几拨，但没有佐仓的身影。

她没有饥饿感，但上厕所的念头愈加强烈起来，这迫使她暂时走出车子，但她根本就没打算离开停车场，只能蹲在车和墙壁的缝隙之间解决生理问题。因为穿着紧身衣，所以小解时她几乎脱得一丝不挂。她已做好心理准备，如果那时佐仓出现，她一定会赤身裸体扑上去。

幸好没有任何人看到她小解。她回到车里，又待了几个小时。车库里偶有几辆车进出，人们搭电梯上上下下，可佐仓一直没有出现。

车里的时钟已过了晚上十点。有一对男女从她眼前走过，男人注意到了她，露出一副惊讶的神情。

14

付出租车费时，翔子看了看手表，快十点了。

她下了车，从大门口走进公寓。

回到家，她放下书包，倒在床上。她看了一眼电话，好像没有任何留言。

这是她今天第二次回家。第一次是体育新闻播完后，电视台的人把她送回了家。要是在平时，她会开着停在地下车库里的红色 GTO 跑车去电视台，今天因为另外一个节目的关系才没有开车。

回家后，她发现丹羽润也留了言，说要谈谈和安生拓马有关的事情，便立刻换上便装，乘电车赶往润也的公寓。那时她担心把时髦的跑车停在路边，会招致无聊的恶作剧，所以没开车。

到润也家时，有介已先行抵达。和润也相比，有介更安静，喜怒不形于色，但拓马之死似乎对他打击很大。

润也正准备躲出去避风头。他声称要战斗到底，但翔子觉得那些话一点也靠不住。因为当问到他有什么对策时，他根本无法明确回答。

看着润也站起来，翔子又转而问起有介的打算。

“不知道。”有介考虑后又道，“但我不想杀人。”

翔子觉得这个回答非常符合有介的性格。拓马想杀塔兰图拉，润也想逃。两人意见截然相反，但立场都很明确。有介则不然，他不会只考虑自己，还会兼顾身边很多人——妻子、父母，当然还有润也和翔子。那是他的优点，也是他的缺点。翔子想，如果他不那么优柔寡断，或许他们两人会有完全不同的未来。成为有介妻子的将是她，而不是总爱装腔作势的小夜子。

她转念一想，多亏那样的结果，自己才得以顺利发展。以她的性格，做驰骋于电视界的当红主播比平凡的家庭主妇更合适。今后她还要谋求更大的发展，她要攀登的顶峰是平民百姓可望而不可即的。

想到这里，她暗暗下定决心，为了前途必须摆脱目前的困境。她决不容许自己辛苦得来的一切因一件无聊小事付诸东流。

“塔兰图拉……”

翔子躺在床上自言自语，脑海中浮现出十年前的情景。也许那个女孩就是塔兰图拉——她像动物一般敏捷，如机器般精准，熟练掌握了一个又一个高难度的器械体操技巧。翔子以为她是仙堂新培养的体操运动员，仙堂却说：“这些只是对她的简单训练。”

可见，仙堂期望的是比培养优秀体操运动员更高的目标。那个实力强劲的少女不久将会找上门，来取她的性命！

翔子起身到厨房喝了杯水，水里有股都市特有的淡淡的铁锈味道。

虽然没有食欲，可饭总要吃，明天一早还要去录节目。她懒得下厨，还是决定到外面吃。最近她忙得要命，甚至没时间买些简单的方便食品，但她很享受这种忙碌的工作状态。

她拿起书包和桌上的钥匙，穿了一双便于驾车的低跟鞋。她决定开车去。那家餐厅她常去，有着少见的宽敞停车场。

下到一楼，她按下公寓大堂那部通往地下车库的电梯按钮。

门开了，里面有一男一女，翔子转过脸退到一旁。那两人从她面前走过时，她断断续续听到了他们的对话。

“那也很奇怪呀，那个女人白天就在那里。”

“啊，不会真的在车里待了几个小时吧？说不定是暗中监视的刑警。”

女人笑了。“不会吧。”

是什么事情呢？翔子脑中闪过一个疑问，但并未多想。踏入电梯，她按下去往车库的按钮。门关上了，电梯下行。

过了几秒钟，门开了。她刚要迈出去，忽觉后背泛起一股寒意。她缩回了脚。

刚才听到的对话忽然在她耳边响起。

难道……

这只是她的猜测，但既然想到那种可能性，她便不能轻易迈出这道门。她按下通往一楼的按钮。

几分钟后，她回到了房间。她食欲全无，脱下衣服随手扔在一边，没换睡衣就钻进被窝。

她一直对一件事耿耿于怀。在润也留言之前，还有一个无声电话。此时，她忽然又想起了这个电话。

第二天早上，翔子没有独自去地下车库，在大堂里等着。不久，来了一个中年男人，她便尾随进了电梯。

到了车库，她快速走向像平时一样停在那里的红色 GTO 跑车，一边环视周围一边插入车钥匙。

她打开车门，正要坐进去，身后传来了说话声。

“您看看，这是不是太过分了！”

“哎呀，真是的。”

她回过头，看到一个穿西装的男人和公寓管理员站在墙边，低头看着地面。

穿西装的男人说：“应该是狗干的。”

“可这里从来没有狗进来过呀。”

“难道是人？”那个穿西装的男人似乎是这里的住户，他苦笑道，“会有人在这里小便？”

“怎么会呢？”管理员一副哭笑不得的神情，挠了挠头，“不管怎样，一定会把它打扫干净。”

“不好意思啊，拜托您了。”

男人走到一辆日产 GLORIA 旁边翻找车钥匙，可一看到车门，又脱口说道：“真是的，又忘锁车了。”

看到那人没拿钥匙，打开车门钻进去后，翔子才坐进自己的车。

她脑中又浮现出昨晚那对男女的话：可能是暗中监视的刑警。

她没有发动引擎，而是失神地望着车外。回过神来，她发现自己全身都在瑟瑟发抖。

15

紫藤前往东京的第二天，即九月十四日，警方得到了有关仙堂之则的新信息。

这天早上，调查总部接到一个电话，对方自称姓村山。刑警询问他的身份时，他稍稍犹豫后说，自己是 JOC 的委员。

JOC 是日本奥林匹克委员会的简称。

他说想谈一下和前几日被杀的仙堂之则有关的事。

电话被转给山科警部，可是村山却以不方便在电话里说为由，希望山科能够去东京。

“能不能请您先说一下大概内容？”山科显得有些急躁，于是村山透露说，他正在调查某桩有关运动医学的事件，结果仙堂之则的名字浮出了水面。至于其他事情，他坚持见面以后再谈。

调查总部决定仍派紫藤和金井前往。二人乘富士快车到大月，换乘中央本线，到新宿和那人见面。

在“AZUSA”号特快列车里，坐在窗边的金井疑惑地问道：“JOC 的人也被牵扯进来，这意味着什么呢？”

紫藤摇着头说："不知道，但也不是完全出乎意料。仙堂做过医生，那栋奇怪的房子里又有那么多训练器材，他很可能和运动医学有关。"

"安生拓马的案子也有相似之处。"

"对，对。"紫藤连连点头，"安生以前曾参加过奥运会，这也和 JOC 有关。

安生拓马的妻子惠美子说，在仙堂被杀前后，即九日到十日，安生陪客户去打高尔夫球了。警方找到那位企业家，对方却断然否认。调查总部由此判断，安生一定和仙堂被杀案有关。一些性急的刑警几乎已经认定安生就是凶手。

问题是安生和仙堂之间究竟有何关系。几名刑警被派往成城警察局，对安生的过去和人际关系展开调查。

"话说回来，杀安生的那个女人可非同一般啊。"金井叹道，"不知该说她大胆还是肆意妄为，反正是杀人不眨眼，而且一点也不担心会被警察抓到。"

根据神奈川县警掌握的线索，那个女人在杀安生之前的行踪逐渐清晰起来。她骑车抵达厚木市，在汉堡店停车场被两名驾驶丰田陆地巡洋舰的年轻人诱骗上车。她上车时，把装着训练服的背包扔进了附近的垃圾箱。失主已确认那背包是和自行车一起被盗的。

上车后，她被那两个心怀不轨的男人带到座间市小松原的一个露天材料堆积场。当他们想猥亵她时，她掐死了其中一个，又用从吉村巡查那里抢来的枪打死了另一个。子弹穿透尸体，在约三十米外被找到。

少女从路线图中扯掉有世田谷的那一页，骑车离开现场。此后，她去了安生拓马的健身俱乐部。

“那个警卫还没苏醒吗？”

紫藤想起了那个在健身俱乐部停车场遇袭的可怜男人。现在只有他见过那少女。

“毕竟是颅骨塌陷的重伤啊。”

金井从侧面指指脑袋，脸上露出痛苦的神色。

“下手太狠了，不知这女人到底有多大力气。”

“可以肯定，她一定不是一般的女人，不，应该说不是一般的人。”

对手如此特殊，至今却仍没有丝毫有价值的线索。在东京，就算有几个怪人出现，恐怕也不会引起旁人的注意。

“身材那么高大的她，现在又在哪里藏身呢？”望着窗外逐渐靠近的东京景色，紫藤喃喃自语。

见面地点是世纪凯悦酒店一楼的大堂咖啡厅。两人轻松地如约抵达。

紫藤站在门口环视大堂，目光停留在一张摆着白色纸袋的桌子上，那是约定的记号，两个身着西装的男人并排坐在那里。紫藤和金井向他们走去。那两人似乎意识到了，起身向他们点头致意。两人一个脸颊瘦削，身材矮小，另一个身材纤细，个头很高。

“你们是警察吧？”小个子男人开口问道。从远处看，紫藤以为此人和自己年龄相仿，走近了才发现他脸上皱纹密布。

“对，您是村山先生吗？”

“正是。”

他说着拿出名片，上面印着“日本奥林匹克委员会科学委员村山宏和”。紫藤也拿出名片。

高个子男人和村山一样，也是JOC的科学委员，姓光本，看上去年近四十。

“好吧，您所说的和仙堂有关的事情，到底是什么？”

相互介绍完毕，紫藤向服务生要了咖啡，立刻切入正题。

“先请您看看这个。”

村山似乎也无意浪费时间。他从纸袋里拿出一本剪报，摊开递到紫藤他们面前。

“啊，不好意思。”

紫藤拉近剪报，看了起来。那是一篇上个月五日的报道，内容是一名前滑雪运动员在家中触电自杀，篇幅不是很长。报道称，该运动员从两三年前开始因疾病缠身丧失劳动能力，极度痛苦的他最终选择自杀。此人叫小笠原彰，紫藤未曾听说过。

“关于此人，您……”紫藤抬头问道。

“实际上，还有些事情报道中没写。”村山表情严肃，舔了舔嘴唇又道，“他写了一封遗书。”

“啊？”

“在他自杀两天后，JOC事务局收到了这封遗书。可能是他在自杀前寄出来的。”

“上面写了什么？”

紫藤不知此事和他们的调查有何关系，但仍等着村山往下说。

“遗书里说，他在当运动员时服用了兴奋剂，希望奥委会取消由他创造的所有纪录。”

“原来是这样。”

紫藤点点头，他听说过兴奋剂。有的运动员会为了提高竞赛成绩而服用违禁药物，最有名的就是在汉城奥运会上被取消金牌的本·约翰逊，这样的事情数不胜数，至今不绝。

服务生端来四杯咖啡，他们一时停止了谈话。

等服务生走后，金井问道：“这个小笠原以前从事什么滑雪项目？”

“越野滑雪。”村山答道，“他最擅长十五公里越野赛，在全国比赛中多次获得冠军，还参加过奥运会。不过，在强手如林的世界比赛中，他的实力还是有差距的。”

紫藤脑中一闪——就算服用了兴奋剂也没用？

他问道：“据报道，他生病了？”

“是的。报道里写得并不详细，遗书上说他一直被头痛、眼花、失眠、幻觉等症状困扰，有时甚至手脚麻痹，无法动弹。我们认为他患有脑动脉硬化，而且非常严重。”

“动脉硬化？”

紫藤感到很意外。他一直以为这是一种成人病，而且多发于高龄阶段。

这时，一直沉默的光本开口了。“是增强肌肉的药物影响了胆固醇代谢，加速了动脉硬化的程度。”他的语气有些紧张，“有时还会引发肝癌。”

“小笠原的病是服用兴奋剂所致？”

“应该是那样。”村山点点头，喝了口咖啡。紫藤也端起杯子。

“收到信后，我们JOC一直在商量该如何处理。”村上继续说道，“最后，我们决定先调查他提到的事情。他没有在遗书里提到自己是在哪里、通过什么方式沾上兴奋剂的，我们就从他当运动员时创造的纪录和当时的行踪着手。”

“听起来和我们的工作差不多。”金井本想开个玩笑，光本却认真地答道：“我们就是把自己当成了体育界的警察，服用兴奋剂和犯罪是一样的。”

“啊啊，原来如此。”

金井似乎感到一种无形的压力，把视线转向手里的记事本。

“有什么发现吗？”

紫藤问村山，他察觉谈话终于接近了实质。

“我们已经有了相当程度的把握。小笠原在读体育大学时加入了滑雪队，从那时开始参加一些重要比赛。大学毕业后他继续留校进修，成绩有了明显进步，实力提高速度之快令人吃惊。所以我们认为，他可能是从那时开始服用兴奋剂的。那应该是八年前。”

“那段时间他的行踪异常吗？”

“是的。”村山点点头继续说道，“那时他是进修生，比较自由，便自费到加拿大待了三个月。我们也搜集了他在加拿大时的信息，表面理由好像是想多参加国外的比赛磨炼意志。”

“一个人去的？”

“对，那时他还没有专门教练。”

紫藤觉得这有点像过去的武士通过周游各地以锻炼武艺。“有什么不正常的吗？”

“嗯，首先是选择去加拿大让人难以理解。您知道，欧洲才是滑雪强手聚集的地方。按常理，运动员都会选择去那里提高自己。再说在加拿大举行的比赛次数也远远比不上欧洲。可那次自费训练后的第二年，他又去了加拿大。”

“还有其他的吗？”

“他在加拿大几乎没有留下任何训练或参赛记录。也就是说，我们完全不知道他在那里做了什么。而且据当时和他在一个研究室的人说，从来没有听他说起在加拿大的事情。”

“这确实有点奇怪。”

“后来，我们征得他家人同意，对他的房间进行了调查，想看看有没有留下和那段生活有关的东西。据邻居说，他在自杀前好像在公寓里烧过什么东西，我想他可能已销毁了一些证据。我们发现的唯一线索就是这个。”

村山拿出一个 B5 纸大小的白色信封，右上角贴着一小张纸，上面盖着一枚邮票形状的印章，收件人是小笠原彰。看见发信人姓名时，紫藤不由睁大了眼睛——K.Sendo①，地址是加拿大魁北克省蒙特利尔。

“我们调查了这个地址，发现的确曾有一个日本人住在那里，直到两年前才搬走，那个人名字的英文发音是 Korenori Sendo。”

“啊。”

紫藤探了探身。终于和他的案子有联系了。

“我们很快就查明了这个人，因为仙堂之则这个名字在某个领域里非常出名。”

“某个领域？”

“那些人被称为‘运动保健医生’，仙堂就是其中之一，但工作地点不是日本，而是国外。当然，方法也是和运动员或运动队签署专任合同。仙堂技术很好，知识又渊博，所以口碑很好，据说从不愁找不到工作。”

“仙堂和小笠原有过书信来往……里面的内容呢？”

---

①即“仙堂之则”的英文缩写，下文的 Korenori Sendo 即“仙堂之则”。

“很遗憾，我们没找到那封信，很可能被烧掉了。但这说明仙堂很有可能和小笠原服用兴奋剂有关。”

根据此前的分析，紫藤赞成村山的说法，追问道：“那，后来呢？”

“后来我们得知仙堂已回到日本，住在山中湖的别墅区，于是决定去找他问问当年在加拿大的情况。可就在那个时候……”

“他被杀了。”

“是的。”村山眉头紧锁，叹了口气摇头说道，“我们完全没想到会发生这样的事，早知如此，我们会早一些去找他，但毕竟有很多准备工作要做，所以……”

看着村山一脸懊悔，紫藤暗想，真是太巧了。JOC 正要调查仙堂，他就被杀了。这难道是偶然吗?

“哪些人知道 JOC 要去调查仙堂？”

“嗯，委员们自然是知道的，消息也可能走漏给了和我们来往较多的体育圈里的人。”

“体育圈……”

安生拓马就是体育圈里的人。忽然间，直觉告诉紫藤，在黑暗的摸索中，他终于找到了查明真相的关键！

“其实，山中湖案件发生后，就有人提议应该把调查情况告诉警方。但当时大多数人认为，我们的调查和此案没有关系，担心扰乱警方，所以决定先等等。”

村山的语气忽然变得含糊，可能是为了避免给 JOC 带来麻烦。

“那么，您为什么又找我们呢？”紫藤的语气不禁多了一丝讥讽。

村山叹了口气，说道：“因为我们后来听说了安生那件事。”

回答果不出所料。

“听说安生以前也是著名运动员，是举重吧？”

“对，实力很强。”村山有些犹豫地垂下视线，片刻后又抬起头说，“有件事我只想在这里跟您说。我们曾经怀疑安生也服用了兴奋剂。”

“啊？”

“我们对他产生怀疑是因为他的一个竞争对手的告发。那人说他的肌肉出现了异常增长，而且看到他在比赛前喝了类似药物的东西，但没有证据。我们对安生进行了多次兴奋剂检查，没有发现类固醇或兴奋剂类的药物。”

“他是清白的？”

“表面上是那样，也只能作出那样的结论。但始终有人对此事持怀疑态度，也许他自己并不知道吧。”

“有没有这种可能，即使服用了兴奋剂也查不出来？”金井问道。

“如果使用的药物没被列入违禁药品清单，就查不出来。此外，还有的药物很难检测。目前的检测水平远远跟不上兴奋剂制造工艺的提高速度，特别是尿检，有很多漏洞可钻。”光本答道。

“道高一尺，魔高一丈啊。”村山自嘲地笑道。

“假如安生在当运动员时服用了兴奋剂，那么通过此案就可以找到他、仙堂和小笠原之间的联系。”

紫藤说完，村山重重点头表示赞成。“这就是我们决定向警方说明一切的原因。”

“谢谢你们的协助。”紫藤再次向他们深鞠一躬。尽管他觉得他们应该更早来找警方，但有时组织团体就是那样，要采取什么行动，不是光靠村山等几人的判断就能决定的。

“这就是我们掌握的所有情况，希望对你们有所帮助。”

“如果调查总部知道这些情况，一定会大受鼓舞。”

“哦。”村山和光本对视一眼，脸上露出放心的表情。

“我可以问几个问题吗？”

“请说。”

“您刚才说从体育圈内的人那里听说了仙堂回日本的消息，能告诉我是谁吗？”

“啊，这个啊。”村山从身旁的皮包里取出一个笔记本，“是帝都大学的中斋教授。他是运动力学界的权威，同时担任这所大学的田径队顾问。中斋教授好像很早以前就认识仙堂，听说他们今年七月见过一面。”

“七月？为什么见面？”

“具体我也不太清楚，听说是为一个加拿大留学生，希望中斋教授能帮忙照顾那个学生，让她参加田径队。”

紫藤忽然预感到什么，问道：“那个留学生是男的吗？”

“不。”村山摇摇头，“听说是个女孩。”

“果然如此”——紫藤把刚到嘴边的话咽了回去。

16

过了正午，少女终于过了新宿。

她从车站往西，觉得道路两边的大厦地基越来越高，才发觉这条路低于水平面。

左边出现了一栋庞大的建筑，如要塞般矗立。她以前听人说过，东京都政府大楼就在这一带，于是思忖着是否就是眼前这栋。

右边也有一座很高的大楼。那是一家酒店，名为世纪凯悦酒店。她从那里右拐，出了这条路。

她要去的地方是高圆寺北，丹羽就住在那里。

从昨天到今天早上，她一直在地下车库等待佐仓出现，但未能如愿，今天一早便离开了，在那里一直等下去未必是最好的办法。

她凭借地图向北走去。昨天只在早上吃了一点东西，此时她已饥肠辘辘。路上她进了一家便利店买了食物，在路边的小公园里吃完了早餐。

她沿明治大道一直往北，快到中午时到了新宿。

新宿真是热闹非凡，人头攒动，且仍有更多的人不断从四面八方涌来。

站前广场上，一群年轻人正在跳舞，有不少人围观，但更多的人对此熟视无睹，匆匆走过。她停下来看着那群年轻人，可无论怎么看都觉得他们根本没有考虑音乐的节奏，只是随心所欲地舞动。所有人的动作都不合节拍，有几个女孩在一边和着他们的舞蹈拍手，声音一样显得杂乱无章。

从那里走到新宿站西侧大约花费了一个小时。她本来就不熟悉道路，后来不知怎么又走进了地下街，在里面绕来绕去，三次走到了错误的出口。

终于走出新宿西口后，她在一家咖啡馆解决了午饭。店里的服务生毫不掩饰好奇心，目不转睛地盯着她。

走到世纪凯悦酒店时，她向右拐上青梅街。这条路交通流量很大，让走在便道上的人感觉有些喘不过气来。她向西走去。

约一个小时后，她来到了高圆寺。地图上有许多小路没有标注名称，她颇费周折，终于在近三点时找到了丹羽住的公寓。

和上次一样，她在附近的公用电话亭拨打丹羽家的号码。铃响多次仍无人接听。她想，也许他去工作了。

这栋公寓和佐仓住的地方不同，既没有门禁，也没有管理员。她大大方方上了楼。按照纸片上的住址，丹羽家在三楼。

她很快找到那个房间，门牌号是三〇二。她本想看看从什么地方可以进去，但门上贴的纸条引起了她的注意。纸条上写着字。她扯下纸条，目不转睛地看着，但只有几个字能看懂。

暂时□□。有事请□□，左面的□□□□□□

〒一九二 八□□市□八□□三——一四〇 ×

TEL ○四二六（六一）××××

□□□□□□□□□□□□

丹羽

纸条上的汉字她几乎都不认得，但她知道“〒”表示邮政编码，“TEL”是电话的意思，这上面写的也许是丹羽的联系方式，看来他现在不住这里。

她走出公寓，想找地方仔细查看地图，可周围别说公园，连像样的长椅也没有。往前走了一会儿，她来到一条车流量较多的路上，坐上路边的护栏，把地图摊在腿上。

之后的一个小时，她一直保持着那个姿势，却没能从地图上找出和纸条上的地址一样的字。她想，也许这是一个离高圆寺很远的地方，而她刚才找的范围一直没有离开东京的中心地区。

她合上地图，面朝道路站着。路上的卡车、轿车川流不息。

起初她分辨不出哪些是出租车，但看了一会儿，便意识到那些车顶上装着什么东西的一定就是。于是一看到这样的车，她便招手示意，但每辆车里都坐着客人。

过了好一会儿，终于有一辆黄色出租车在她面前停下，她坐进后座。司机是个戴眼镜的男人，他转过脸看看，皱眉道：“哎呀，不是日本人啊。你会说日语吗？”

她点点头，递过那张纸条。司机接过看了一眼，爽快地说道：“啊，是八王子，好的好的。”她这才知道，自己要去的地方叫八王子。

司机伸出左手，把一个又红又圆像牌子一样的东西按倒。牌子下面连着数控仪，上面显示着数字，她不知道那是距离还是金额。

一切都无关紧要。车发动了。

17

下午四点整，紫藤一行三人到达帝都大学。除了他和金井，另一人是昨天和他一起去安生家取证的警视厅警部补根岸。

他们走进教学楼，找到学生科要求见中斋教授，一位女职员拨打电话开始联系。

放下电话，她告诉他们："教授的助手会来接几位，请在这里稍等。"紫藤等人点了点头。

和 JOC 的村山等人分手后，紫藤和山梨县的调查总部取得了联系。得知仙堂和安生拓马可能会和兴奋剂扯上关系时，山科似乎也很意外，指示他们立即和在夏天刚见过仙堂的中斋教授取得联系，这和紫藤他们的意见不谋而合。

通过村山给他的电话，紫藤很快和中斋取得了联系。他开门见山说出意图，中斋答道："我想你们迟早会来找我的。"他已经知道仙堂被杀一事，所以早有心理准备。

中斋刚好今天有时间，紫藤便和他约在下午四点见面。赴约之前，紫藤又去了一趟成城警察局的调查总部。这里毕竟是东京，他不希望未经当地警方认可就擅自行动。

他向成城警察局汇报了从 JOC 的村山那里查到的情况，并得知成城警察局也发现了安生拓马有过使用违禁药物的嫌疑。

“安生以前非常出名，但在运动员圈子里声誉并不好。入选国家队后，他和其他队员也基本没有交流，不太愿意和大家一起训练。他没有专门教练，所以经常独来独往。”根岸警部补说。

“尽管如此他还是会获胜，对吗？”

“是的，据说他的肌肉增长情况和其他人完全不同，因此才出现认为他服用兴奋剂的说法。这可能只是毫无依据的诽谤，但既然 JOC 那样说，我们也许该彻查此事。”根岸等人也打算直接和 JOC 的人接触。

此外，他们还掌握了一些新的线索。首先，凶手的着装可能已发生变化。

“健身俱乐部一层的小卖部丢失了一件黑色夹克和一双白色袜子，应该是被凶手拿走了。”

“也就是说，她穿的可能已不是那件显眼的风衣？”

“对。但她仍会很引人注意，毕竟高达一米九。另外，我们推测凶手会骑车前往市中心一带。从昨天傍晚开始，已对主干道沿途的餐厅进行调查，得到了一个线索。”

“有什么发现吗？”

“现在还不能肯定。”根岸的态度很谨慎，“昨天早晨，有一个穿黑色夹克和短裤的女子在涩谷站附近的咖啡店里吃过饭。那人个子高得惊人，饭量也很大，据说很快就把三明治和意大利面都吃光了。听服务生说，那人好像不是日本人。”

“哦……”

拓马的妻子说过，在拓马被杀前不久，有个外国女人打过她家的电话。

“那人像哪个国家的？”

“肤色好像呈褐色，但不像黑人。她戴着运动眼镜，服务生没看清楚。”

运动眼镜——正符合凶手的特征。

“现在外国人并不少见，但这些细节还是引起了店员的注意，而且……”根岸故意卖了个关子，顿了顿又道，“最重要的是，她一直在翻地图。”

“地图？”

“服务生说看着像是地图册。”

“可凶手拿的应该是从别墅偷走的山中湖周边郊游路线图啊。”

根岸相当自信地点点头说道：“所以，我们认为地图册可能是她买的，现在正对涩谷站周围的书店进行调查。”

这个高大的外国女人极大地吸引了警方的注意力。

如果她就是凶手，为什么要看地图呢？很难想象是在策划逃跑路线。那么另一种可能就是，在杀了安生之后，她还要去其他地方，而且很有可能是为了杀下一个目标。她到底要去哪里呢？

一种不祥的预感在紫藤的脑海中闪过。

大家商量后决定让根岸一同前往帝都大学，这样紫藤就不必再向成城警察局另行汇报调查结果了。

在学生科等待教授的助手时，根岸对紫藤说：“先由您来问吧，如果我还有问题，等您问完了再说。”这和昨天在安生家进行调查时的顺序刚好相反。其实若根据管辖范围，由根岸掌握主导权无可厚非。他这么说也许是考虑到紫藤等人特意赶到东京调查此事的缘故。

没过多久，一个身着白衣的女人向他们走来。“几位是警察吧？”紫藤回答“是”后，她做了一个“请”的手势。“让几位久等了，请到这边来。”看来她就是中斋的助手。

她引导他们上了二楼，中斋的房间就在那里，屋里杂乱地摆放着各种运动器械和测量仪器。屋子一角站着一个身穿训练服、体格健壮的男子，看上去年近五十，脸晒得黝黑，和一头白发形成鲜明的对比。

双方自我介绍后，在简陋的沙发上相对而坐。

“你先回避一下吧。”中斋对端来速溶咖啡的女助手说道，她简短地应了一声便退出了房间。

中斋啜了口咖啡问道：“调查顺利吗？”

“很困难，但总算对仙堂有了一些了解。”紫藤立刻切入主题，“中斋教授，听说您和仙堂见过面？”

“是的，你们已经听说了吧，我七月刚和他见过面。”

“他希望您关照一个留学生？”

“他说他家里从六月起来了一个加拿大女孩，希望我能照顾她，啊，其实就是想加入田径队。”

那个高个少女六月份才来日本——这多少令紫藤有些意外，因为此前的调查使他感觉这个少女对日本的风俗习惯和语言都非常熟悉。

“您问仙堂那个女孩和他是什么关系了吗？”

“他说是在加拿大认识的，我觉得没那么简单。那女孩可能是他在加拿大挖到的好苗子，而且进行了彻底改造……”

“改造？”

紫藤对这个词的含义感到疑惑。中斋皱起眉头，挥挥右手说："一会儿再解释吧，一句两句说不清楚。"

紫藤不解其意，但还是决定听他说下去。"您想从哪里说起？"

"啊，是啊，还是先说说仙堂的大致经历吧。"中斋欠了欠身，重新坐好，"详情我也不很清楚，听仙堂说，他原本是为了继承父亲经营的医院才选择学医，后来他的兴趣开始从单纯的治疗转向人体改造。他对各种人体试验特别感兴趣，据说纳粹搞过许多这类试验。他收集到那些资料后，为采访相关的人去了欧洲。"

金井不禁问道："他为什么会对那些事情感兴趣？"

"这个嘛，现在我还不清楚。听说仙堂从小就体弱多病，身材也很矮小，我觉得他对人体改造抱有的特殊情结受到自身经历的影响。"

"有这种可能。"紫藤很赞同教授的意见，有些罪犯便是如此，犯罪根源往往是一种潜在的自卑感。

"实际上，我对他的了解也就是这些。"中斋看着众人说道，"没人知道后来他去了哪里，做了什么，他也没跟我提起过。听说他在贝尔梅肯待过一段时间。"

"贝尔梅肯？"

紫藤和金井异口同声地问道。

"在保加利亚内陆地区，那里曾有一个东德和保加利亚合建的研究所，用来进行运动科学研究。"

"仙堂在那里做了什么？"

"应该是对运动员的肌体进行改造的研究，自然也包括兴奋剂。他在那里掌握了先进的技术和丰富的知识，后来又回到西方国家——不过，这些都只是根据传言猜测的。"

金井又问：“那个研究所现在还有吗？”

“啊，不，听说德国统一以后就关闭了。”

“您觉得仙堂在那里待到了什么时候？”

听了紫藤的提问，中斋歪着头想了想，说：“至少在十几年前他就离开了那里。近几年，他一直被聘为运动队的保健医生，在许多国家跑来跑去，有时也作为队医随国外的运动队回日本参加比赛，我就是在那时认识他的。后来，他一直都在加拿大，好像是住在蒙特利尔。”

紫藤点了点头。给小笠原彰寄信时，仙堂写的地址就是蒙特利尔。

“他在加拿大做什么？”

“问题就在这里。”中斋喝了口咖啡，“根据我们得到的信息，在加拿大魁北克省也有一个和贝尔梅肯相似的研究机构，但不是政府开设的，而是民间机构。这个机构两年前被拆除了，据说仙堂曾为它工作。当然，这也只是猜测，就算他真在那里待过，也没人知道他到底研究什么。不过，通过小笠原自杀这件事，我确信了一点，那就是仙堂的研究一定和兴奋剂脱不开干系。”

原来是这样！紫藤很赞成中斋所言。“如果加拿大的研究所两年前就已拆除，此后仙堂又做了什么呢？”

“好像一直来往于日本和加拿大间，我不知道他的目的，也许和这次带回的女孩有关。”

“您的意思是……”

“也许他想让这个好苗子在日本开花结果。有人说他把研究所里的器材都买下了，也许这两年他一直在为把那个女孩接到日本做准备。”

“哦！”紫藤想，这样就说得通了。仙堂花了两年时间在那栋别墅后面建起了一个健身房。

“那个女孩是田径运动员吗？”一直静静聆听的根岸终于开口了。

中斋不紧不慢地把脸转向他。“仙堂曾经夸下海口，说那女孩在跑、跳、投方面都具有超强的能力，他希望能从日本把这个女孩推向世界，所以才想让她参加这所大学的田径队。要知道，如果没有学生身份，会牵扯到工作问题，比较麻烦。”

“您是怎么答复的？”紫藤问道。

“当然是断然拒绝了。”中斋的话语掷地有声，“虽然那时小笠原自杀一事还没有发生，但我一直不信任仙堂，觉得那个女孩可能也用类固醇或生长激素进行过肌体改造。后来我听说小笠原自杀事件与仙堂有关，非常庆幸当时没同意接收那个女孩。”

他的语调里充满欣慰，似乎很高兴自己做出了正确选择。

紫藤又问：“有人了解那个加拿大研究所的具体情况吗？”

中斋的神情又严肃起来。“我想在日本没人知道那个机构，就算是加拿大运动员和教练，大部分人也不知道。我也只知道它在魁北克省的某个地方。”

“没人去过那里吗？”

“是的，至少在我知道的范围里没有。”

紫藤想，也许小笠原去过。他一定就是在那里，在仙堂的指导下开始服用兴奋剂的。

除了小笠原，是否还有其他人也有类似的经历？

“关于仙堂，我知道的就是这些。尽管这个人有很多问题，但不可否认，他非常有能力。正因如此，当我知道他被杀时，虽然不伤心，但还是非常遗憾。”教授的话听起来很像在做总结。

“您觉得可能是谁杀了仙堂？”

“一点线索也没有。”满头白发的教授摇摇头。

紫藤看了看根岸，不知他还有什么补充。根岸朝他点头示意，又问中斋：“仙堂来找您时，给您看过那个留学生的照片之类的吗？”

“没有。他倒是很想让我见见那个女孩。他对自己的作品非常自信，说只要我见了那女孩，一定会感兴趣。”

作品——紫藤仔细体会着这个词的意思，也许的确如此。

根岸继续问道：“您没问那个女孩的姓名？”

“没有，因为没有那个必要。”

“那除了您，还有人听仙堂说起过那个女孩的事情吗？”

“这个嘛，我想应该没有。”中斋稍稍向前探身问道，“是那个女孩袭击了警察，还用抢来的枪杀了好几个人吗？”

看来教授对此也有所察觉。

“还不能下结论，但大致可以这样推测。”

听了紫藤的回答，中斋重重叹了口气，面露难色地说道：“仙堂可真留了个要命的难题啊。”

“被您拒绝后，仙堂是怎么做的？”

“这个啊，他可能直接去找田径联合会了吧。”

据中斋所说，仙堂应该从两年前开始便把全部精力都用在那个女孩身上。正因如此，他希望尽早让女孩出现在世人面前。

紫藤又向中斋教授询问了有关安生拓马的事情，但正如他所料，教授果然对举重界不甚了解。

“在日本田径运动员中，有没有人被怀疑使用过兴奋剂？”

听到这个问题，教授一改刚才心平气和的态度，脸色忽然难看起来，断然道：“那种事绝不会有！否则立刻就会被发现，日本田径界的人可没那么迟钝！”

紫藤想反驳，但没说出口。

在回成城警察局的路上，根岸说：“根据情况，可以考虑把凶手遣送回加拿大，但现在可不能只顾调查凶手的身份。”

紫藤闻言说出了一直担心的问题：“不知凶手下一步要做什么，如果她只想杀安生倒还好，可……”

根岸点头说道：“我和你想得一样。”

回到警察局，他们心中的不安越发强烈起来。一进会议室，警视厅的小寺警部便向他们招手。

“根岸，找到那个大个子女人买地图的书店了。”

“啊！真是在涩谷买的？”

“在站前的书店，一个女店员对她有印象，说昨天上午看到有个外国女人在地图专柜旁找什么，就过去帮忙。那人穿着黑色夹克和贴身短裤，戴深色运动镜，身高肯定在一米八以上。”

紫藤在一边听着，心想此人体貌特征和他们要找的人一致。

“那人给店员看了一张纸，上面写着名字和住址。店员以为她要找那个地方，就推荐了一本东京的简明地图。”

“店员还记得名字和住址吗？”紫藤问道。

小寺撇撇嘴说道：“都是东京都内的地址，所以没记住，只知道有高圆寺。”

“高圆寺……这么说，纸上写了不止一个地址？”根岸问道。

“是的。”小寺悻悻地说，“好像写着三个人的地址。”

“三个人……”紫藤不由一惊。如果那个女人就是凶手，她的目标远远超过了紫藤的预想。

根岸问道："下一步怎么办？"

"目前先在高圆寺附近展开调查，同时加强巡逻，此外我们正在列一份住在高圆寺附近的体育界人士的清单。"

见小寺望着自己，紫藤问道："那清单里有特别需要注意的人吗？"

小寺把桌上的一张纸递给根岸，说："目前已找出几个。"

"和他们联系上了？"

"还没有，我们已经在这些人的住宅附近布控，但凶手出现在高圆寺的概率只有三分之一。"

"做这些推断的前提，是买地图的那个女人就是凶手，对吧？"根岸说着将清单递给紫藤。上面写了五个名字，最先吸引紫藤视线的是"前短跑运动员"这个称谓。他想起中斋的话——田径界不可能出现这种不齿行为。

那个运动员叫丹羽润也。

18

出租车停在一处被混凝土墙包围的建筑前。

“纸上的地址就是这里。”司机转过头，用食指指着一栋两层建筑，“桂化工田径队宿舍，青叶庄，和你给我看的纸上写得一样。”

这番话令她明白了自己找到的是一支田径队的宿舍。

她和之前一样，从口袋里拿出所有的钱，递到司机面前。

“怎么？让我从这里拿？”

他转身看了一眼里程表，数出了应交的钱数。她只剩下几个硬币了。

“再见啊，Goodbye。”

司机朝下车的她招了招手，驾车离去。

她抬起头再度望向眼前的建筑。二楼的房间等距离排列着，好像是运动员住的，此刻空无人影，静悄悄的。她想起在来路上看到过一个运动场，有人正在那里训练，或许丹羽就在其中。

她沿着来路慢跑起来。

大约跑了十分钟，左边出现了那个运动场，周围几乎都是农田，没有住户。路的另一侧停着一台推土机，像是个建筑工地。远方有一栋很大的建筑，不知是医院还是学校。

她向运动场周围的铁丝网走去。许多运动员正在训练。离她最近的是一块沙地，旁边设有踏板，看来是练习跳远用的。一个男人跳了过来，她觉得他跳得不怎么好。

对面跑道上有几个数人组成的小组正在练习跑步和柔软体操，好像都是长跑运动员。

她睁大眼睛，在那些人里找到了丹羽润也。他正在指导一个女队员练习起跑。作为短跑选手，那个女子过于瘦弱，但丹羽还是很热心地指导着她。

她忽觉有些异样。发现是那个练跳远的队员正吃惊地看着自己，她便离开了铁丝网。

运动场入口有一个停车场，停着两辆面包车，角落里有一栋仓库状建筑。

她听到有人说话，便躲在身旁的车后。说话的是两个从训练场回来的女队员。一个沿着她刚来的那条路向宿舍走去，另一个拿着卷尺进入了那栋建筑，不一会儿便空着手走了出来。

那个队员离开后，她站起来朝那栋建筑走去。那里确实是个仓库，里面放着一些画线机和竹耙，还有杠铃、跳高用的垫子、标枪、铅球等田径器械。

她继续往里走，藏身在一堆纸箱后面。通过纸箱间的缝隙，她可以看到仓库的入口。

过了一会儿，外面渐渐热闹起来，其他人似乎也结束了训练。

进来了两个男人。

“我没有掌握好手臂的摆动，左右似乎总是不平衡。”

“前两天你不是腿疼吗？是不是受了影响？”

“啊，有可能。真让人心烦，眼看就要到个人计时赛了。”

两人把什么东西装进柜子，走了出去。

此后又分别进来了一男一女，也都是放训练、测量仪器的。

过了一会儿，丹羽指导的那个女队员拿着助跑器走了进来。那人把助跑器放进柜子，正要往外走，她陡然跳了出来。

女队员察觉到身后的动静，刚一转身，就看到一个庞大的身影扑了过来。

没等女队员喊出声，她就捂住女队员的嘴，将其按在墙上，从夹克口袋里掏出手枪顶在那人眼睛下方。那人浑身颤抖着安静下来。

她举着枪把女队员拖到刚才藏身的地方，令其坐在地上，用一个纸箱遮挡住，自己也藏了起来。

刚做完这一切，另一个女队员便走了进来。“友实子……咦？不在吗？”

那人喊道，四下望了望便出去了。

“教练，友实子好像已经回宿舍了。”

“哦，那就把门锁上吧。”响起一个男人的声音。

“是。”话音未落，仓库门就被关上了，接着响起了上锁的声音。

19

在桂化工田径队宿舍，大家都在规定时间内一起吃早饭和午饭，只有晚饭时可自行决定在六点到八点之间用餐。如果有人想到外面吃，只需告知食堂即可。但除非有特殊情况，队员们不会随意到外面吃饭。这里的配餐是根据每个人的身体状况和特征安排的，队员们很担心随意进食会破坏得之不易的身体状态。

丹羽润也六点半来到楼下的食堂。即使是每天往返于高圆寺和这里的时候，他基本上也会吃过晚饭才回去。他习惯在吃饭时和队员总结当天的训练情况，找出需要改进之处或新的课题。

食堂里进餐的人颇多，有人早早吃完了，正坐在角落里的餐桌旁看报纸上的体育新闻。

润也在找中原友实子——在他指导的队员里让他花费心思最多的一个短跑选手。她最近正在进行增强肌肉力量的训练，所以配餐也经过了精心安排。

润也没发现友实子的身影，便找了个空位坐下，决定等上一会儿。也许她因洗澡耽误了。最近的这些女队员，在肌肤护理方面比一般女人要花费更多时间。以前,女队员若注重这方面的事情，一定成不了顶尖高手，但现在已时过境迁了。

他随手拿过身边的报纸，照例翻到社会版，立刻被一则标题吸引了——“连环杀人案凶手是高个子女人？”。报道的内容他早已知晓，旁边还配有一张凶手穿着的速写。

润也想，她无论如何不会找到这里。至少她会先去找翔子和有介，并在作案时被警察抓获。如果被打死自然最为理想，但他不敢奢望。总之，休想要他的命。

他今天一早就到了宿舍，本想住进一个三人间，碰巧有一个双人间空着，他便搬了进去。这比在高圆寺舒服多了。

他甚至想，待此事解决后，还要在这里住一段时间。如果运气好，和仙堂之间的龃龉没有被发现，他就可以一辈子从事教练职业了。

“我吃完了。”

周围的队员已开始收拾碗筷，只剩寥寥数人。

“丹羽先生，您不吃晚饭吗？”见他一直坐在那里，食堂餐台对面的一个中年女职员开口问道。

“我在等友实子，她是不是已经吃完了？”

“友实子吗？哦，还没吃哪。”

“您听她说要去外面吃了吗？”

“这个，没有呀。”

润也起身走出食堂。休息室里，四个女队员正在看电视。他询问友实子去了哪里，但没人知道。

“好像从运动场回来后……就没再见到她。”女孩们脸上浮现出不安的神情。

四人中有一个是友实子的室友，润也请她回房间看一看，心想也许友实子身体不适，在房间里休息。几分钟后，那人回来告诉他，友实子不在房间里。

润也感到一阵莫名其妙的慌乱。他找遍整个宿舍，还去了健身房和按摩室，却仍未发现友实子。

太奇怪了！润也想。以前从没发生过这种事，他曾经嘱咐队员，若要外出一定要事先告知。

他想也许应向领队汇报此事，组织众人分头去找，但随即打消了这个念头。也许友实子只是短暂外出，如果闹得人人皆知，会给她带来压力。她心理素质并不好，情绪上的些微波动都会影响成绩。

也许她在运动场？今天他多次提醒过她的起跑，也许她正独自练习。

想到这里，润也走到停车场，驾车向运动场驶去。

不一会儿，他便从左边看到了运动场。因为没有夜间照明设备，附近又没有建筑，太阳下山后，这里几乎漆黑一片。他减慢车速，定睛望去。那里没有人。

他把车停在停车场，下车环顾四周，似乎没有迹象表明中原友实子在这里。

他想去别的地方寻找，刚要上车，忽听背后咔嗒一响。他回过头，看到仓库的门开了。

“是友实子吗？”他喊了一声，但没有回应。他慢慢向仓库走去。门开着，里面没有开灯。

“喂！”他站在门口又喊了一声，仍没人回答。他按下墙上的开关，灯亮了。

中原友实子躺在跳高垫子上，手脚被胶带缠着，嘴里塞着东西，闭着眼睛，像是昏过去了。

“友实子！”润也边喊边跑过去，正要伸手，忽听头顶传来一丝微弱的呼吸声。

一个巨大的黑影从柜子上向他扑来。

电光火石间，润也向后一跳，躲过了这一击。

黑影落在地上，伸过又粗又长的胳膊，抓住了润也的训练服前摆。他拼命推开，再次向后退去。黑影四肢着地，抬头盯着他。

润也屏住了呼吸——是那个人！褐色的皮肤，眼神像豹子一样犀利，脸庞轮廓清晰，充满野性，长长的身躯均匀分布着健硕的肌肉。刹那间，他竟然从敌人身上感到了美！

那少女再次向他扑来。润也拼命抓起身边柜子里的东西——助跑器、固定助跑器时用的榔头等等，一股脑向她掷去。少女毫不费力地用手挡住，但助跑器上沾的泥土好像进了她的眼睛。她皱了皱眉头，用右手按住眼皮。润也趁机把整个柜子都推过去，将少女压在下面，接着又把靠在墙边的几支标枪尽数推倒，夺门而出。

他跑到车旁，打开门正要坐进去，仓库的门口出现了少女的身影。他发动汽车，打开车头灯。少女的左臂好像夹着什么，右手里也拿着什么。他无暇多想，拼命倒车，然后转动方向盘想掉转车头。在那一瞬间，他看到少女举起了右手，意识到对方手里拿的是自己刚才推倒的标枪。

一阵剧烈的响声和冲击后，润也发现一支标枪穿透了副驾驶座一侧的车门，枪头有十几厘米刺入车内。

锐利的枪尖让他的心骤然一紧。

他颤抖着全力驾车。出停车场时，扎在车门上的标枪挂住了大门。他向后一倒，随即开足马力冲了过去。随着一阵刺耳的金属摩擦声，标枪掉落在地。

就在那一瞬，润也感到车身后部传来一股巨大的冲击力。他的背后响起了碎裂的声音，前挡风玻璃也出现了裂纹。是那少女从后面投来的标枪穿透了后挡风玻璃，越过副驾驶席扎进了前面的玻璃。润也看着身旁横穿而过的银色标枪，似乎听见了鲜血在脸上流淌的声音。

极度的恐怖让他手脚无法动弹，他拼命想逃，却发现发动机熄火了。他慌忙转动钥匙，却只听见发动机空转的声音。他扭头向后望去，只见少女举着第三支标枪正要助跑，标枪马上就要飞来！

没时间发动汽车了！润也打开车门翻滚下来。大约零点几秒后，标枪从那少女手中飞了出来。和上次一样，标枪穿透后挡风玻璃，扎在方向盘前的仪表盘上。虽然投掷的距离不远，但她对标枪的控制力惊人。如果润也没从车里逃出，这支标枪已扎穿了他。

润也脸色苍白地看着她，她手里还有两支标枪，但看不出继续投掷的意图。看到他从车里下来，少女快速追了上来。

润也拼命奔跑。此时要想活命，只能逃跑。他已完全丧失斗志——他的对手不是人，是个怪物！

他竭尽全力沿着通往宿舍的那条路奔跑。以前他也这样跑过一次，那是他退役前参加的最后一场比赛——亚洲锦标赛。不知为何，当时的情景从他的脑海中一闪而过。

他擅长的项目是四百米。说起短跑项目，他也很擅长一百米，但以东方人的体力，还是无法在国际比赛中占得一席之地。于是他专心投入到更加讲究技巧的四百米训练中。

但是在学生时代，即使在国内，他的成绩也不值一提。当时国内有两个实力强劲的选手，如果不能打败他们，根本没有机会参加国际比赛。

就在那时，他遇到了仙堂。

那个人神不知鬼不觉地把润也引入了那个邪恶的世界。当时，润也以为自己遇到了奇妙的魔法。

“只要照我说的去做就行。你要相信我，不要有任何担心。”

仙堂有时非常温和，有时又飞扬跋扈，似乎早已看透了润也。

润也照做之后，终于实现了夙愿。新纪录、代表日本参赛、国际舞台……这一切给润也带来了名誉，还令他过上了安稳的生活。

可是，有一个问题始终萦绕在润也心头。自己究竟为什么而跑？是为了证明实力？但那东西能算自己的实力吗？是为了赢得胜利？自己到底又战胜了谁呢？也许，他根本就没取得过真正的胜利，甚至可以说，他根本没有认真跑！

这时，尖厉的破空声刺入他耳中。他凭直觉向左闪躲，一支标枪眨眼间从他右边飞过，并没有扎在路上，而是像滑雪一样刷地掠过了柏油路面。

润也两腿发软，却必须继续奔跑。他的体力已到达极限，速度越来越慢，肺部剧痛难忍，心脏也难受起来。

润也喘着粗气回头看了一眼，顿时心生绝望。那个巨大的黑色怪物已追到背后，手举标枪，没有丝毫疲态，肌肉有节奏地跃动着。

润也拼命想迈开双腿，却怎么也跑不动。他想喊救命，可就连呼吸都让他十分痛苦。

他停了下来，再也跑不动了。他转过身，面对来杀自己的怪物——要来就来吧！

那少女已来到面前。

她似乎把所有的速度都凝聚在右臂上，朝他用力一挥。

标枪的寒光映在润也的视网膜上。

20

尸体是晚上十点后被桂化工田径队领队伊吹发现的。面对前来调查的八王子警察局的侦查员，他叙述了发现经过。

“一个姓田村的女队员九点左右来找我，说中原还没回房间——啊，这个田村是中原的室友。我们的宿舍十点关门，虽说还没到时间，可田村说，吃晚饭时丹羽教练就找过中原，后来好像还开车出去找了，可他也没有回来。我觉得有些蹊跷，就决定试着找找他可能去的地方，当然也没什么明确的目标。我估计他去了运动场，就直奔那里。是开、开车去的。您问那血迹啊，哎呀，我去的时候一点也没发现，根本没想到会发生那样的事。到了运动场大门口，我发现了丹羽的车。真把我吓了一跳！开始我以为发生了事故，可再仔细一看又觉得很奇怪，车上可是扎着标枪哪！我也不知道到底发生了什么事，又看到仓库里亮着灯，便进去查看，里面可真是一团糟啊。中原被绑在那里正挣扎呢。那时我脑子里真是一片空白，什么都没想，光忙着给中原松绑了。哦，胶带是仓库里的。我本想问问中原到底怎么回事，可她好像脑子挺乱，问什么也都答不出来，再加上她好像昏迷了好长时间，也不知道丹羽去了哪里。我把她扶到车里，送回宿舍，然后又去了运动场附近。后来，我就注意到了那摊血。开始我以为是汽油什么的，心想这是谁洒在路上的，多危险啊，我以前从来没见过那么多血。可仔细一看，觉得颜色有些奇怪，还发现有什么东西被拽到路边留下的痕迹，就从车里拿出手电筒往路下面一照——开始我以为是个人体模型，真的真的，虽说看到那么多血，可我没能马上看出那是具尸体。哎呀，真是太蹊跷了。不过，也就过了一秒钟，我就意识到了，后来就一溜烟跑回宿舍报了警。”

警方对死于非命的尸体进行了确认，随即展开紧急部署。根据死亡时间推测，案件大约发生在两个小时之前。如果凶手驾车逃走，别说八王子警察局的管辖范围，甚至可能早已离开东京。警方在各高速路出入口、收费站和离案发地最近的车站均设置关卡，盘查来往的可疑车辆和人员，同时在案发地附近展开取证调查。正在家中休息的警察局长紧急赶到现场亲自指挥。

弃尸地距运动场约七百米，血痕鉴定表明，死者于道路上被杀，后被推到路下面。

死者的身份很快得到确认——桂化工田径队教练丹羽润也。他胸口中央有一处穿刺伤，伤口一直贯穿到背部。现场勘察表明，凶器是田径比赛中使用的标枪，被扔在死者旁边。根据伊吹的辨认，那支标枪属于桂化工田径队。警方推测，凶手为把死者推下路面，拔掉了刺穿他身体的标枪，这进一步造成大出血，加速了被害人的死亡。验尸官根据凶器的长度判断，凶手身上应该没有溅到多少死者的血。

案发现场附近没有居民，道路还在施工，来往车辆很少，刑警很难找到目击证人。

因为凶手没有使用手枪，警方没有立即将此案和近来发生的连环杀人案联系起来。但苏醒过来的中原友实子的一番话立刻改变了他们的看法。友实子的话时断时续，条理也很混乱，警方对她的证言进行整理后，才梳理出大致经过。

“训练结束后，我把器械送回仓库时，嘴忽然被捂住了。那人用枪威胁我，让我藏在箱子底下。后来听见了田村进来的声音，我害怕极了，担心一出声就会被杀，所以选择了沉默。那时还有光线从窗子照进来，并不是很黑。那人拿枪对着我，在柜子里找到了胶带，先用一只手捆住我的腿，又从后面捆住我的胳膊，最后堵住我的嘴。我非常害怕，觉得活不了了。那是个女人，个子很高，我想应该比我高二十厘米。我没看清楚她的脸，因为她一直戴着运动眼镜。不过那张脸轮廓非常分明，不太像日本人。她好像穿着一件黑色夹克，下身穿的是骑自行车专用的运动短裤，我也有一条相同牌子的。过了一阵，周围黑了下来，我就睡着了。说起来你们可能不信，那么害怕还能睡着，可能是因为过度紧张吧，我的神经已经坚持不住了。后来，一阵巨响把我吵醒了。睁开眼时，我一下子没有反应过来自己在哪里。仓库里好像刚刮完台风似的，东西撒了一地。眼前的情景让我呆住了。这时，倒在地上的柜子动了动，那个女人从下面爬了出来。她扒开那堆东西，从地上捡起几支标枪就跑了出去。后来的事情我就不知道了，但我听见外面有巨大的声响，好像是什么东西碰撞的声音。过了一会儿，那个女的又回来了，捡起扔在地上的夹克穿上，哦，还有地图，然后又出去了，连看都没看我一眼。后来我想喊救命，可又喊不出声来。看见领队进来的时候，我忍不住哭了。”

友实子的证言里有几条非常重要的线索——高个子女人、黑色夹克、运动短裤、运动眼镜，最关键的是手枪。

警视厅发出了通缉令。此案凶手和连环杀人案凶手有许多特征是一致的，凶器上采到的指纹比对也证实确是同一个人。

警方决定在整个辖区内全面展开紧急部署。

根据以往的情况可以推断，凶手不会选择开车逃走。按照常理考虑，她应该会利用离此地最近的公共交通工具。但这个不同寻常的凶手很可能会选择徒步或骑车逃到很远的地方。她的速度远超常人。

总部向警戒中的各区域刑警发出严令——绝不能漏掉任何可疑的人。

尽管警方全力进行搜查，凶手仍不见踪影。时间过得越久，警方的网就张得越大，这样难免会出现疏漏。午夜十二点过后，一股焦躁的情绪开始在刑警中蔓延。

就在此时，似乎就像在讽刺他们的焦躁情绪一般，警方又得到了一条紧急消息。

21

杀了丹羽润也后，她悄悄潜入桂化工田径队宿舍的停车场，目标是自行车。光靠双腿不知能逃多远，况且夜还不深，尸体可能很快就被发现。最重要的是，她想尽早找到另外两个人，从这里到他们的住处应该很远。

停车场的一角是自行车存放处，放着近十辆车，都还很新，几乎都没有锁，这让她又惊又喜。她选了一辆又大又轻的车。

那是一辆装着赛车车把的公路赛用车。她骑上车，驶入夜色。和两天前骑的山地车相比，这辆车的速度不知快了多少倍。

但是她仍不知该怎么走，决定先骑向有灯光的地方，这样可以到达市区。至于以后该怎么办，她无暇考虑。而就算她翻看随身携带的地图，也不知目前身处何方。那本地图册如今已成累赘，因为佐仓和日浦的地址在第一页即可找到。她扯下那页，扔掉了地图。

她清楚必须往东走。坐出租车时，她曾确认过太阳的位置，出租车是一直向西行驶的。

她径直向东骑行，就像刚从山中湖别墅里逃出时一样。幸好赶上了晴天，她可以靠北极星辨别方向。东京的夜空也能看到星星，但数量只有她家乡的一半。

中途她停下在便利店买汉堡充饥。这时她才意识到手里的钱已所剩无几，但她并没为此感到不安。

来到一条车流量很大的路上，她看到前面的十字路口站着两个警察。他们拦下了一辆车，和司机交谈，接着又拦下后面的车。

她掉转方向，进了一条侧路。那是一条夹在住宅中很窄的小路，但她毫不介意地穿了出去。

骑了一会儿，她听到身后传来发动机的声音，便靠向路边。声音不止一个，几部发动机交替发出声响，越来越猛烈地冲击着她的腹部和耳膜。她一边蹬车一边转过头，一连串车灯胡乱闪烁着照向她。

她心中不解，只顾蹬车。摩托车队很快追了上来，却没有超过她。当她觉察时，已被那些车包围。她看着那些骑手，其中大部分都没戴头盔，表情稚嫩，看上去十多岁，像商量好了似的都穿着类似作战服的衣服。

“嗨！是个女的！”其中一人叫道。

周围立刻发出一片怪声。

“身材真棒！”

“好货色！好货色！”

她仍不明其意。两辆摩托从两侧慢慢靠近她，形成夹击之势，每辆车上都坐着两个人。忽然，两个坐在后面的人伸手抓住她的车把，与此同时，骑手加快了车速。

自行车被两辆摩托车拖拽着，这时她才明白他们要把自己带走，这使她想起三天前那两个被她杀掉的开四轮驱动车的男人。她想，也许他们和那两人有同样的企图。她的脑海里浮现出在那个叫 SHIBUYA 的地方见到的年轻人，她觉得这些骑摩托车的人和那些人是一路货色，因为他们表情相同。

他们一路发出怪声，开着摩托车占满整条道路。前面偶尔出现车辆，但好像一觉察这群人，便匆匆忙忙开进岔道。

"警察！"排在队首的骑手忽然喊道。前方停着一辆警车，车顶红灯闪烁，周围站着警察。

"把那女的藏起来。"骑第二辆的人刚说完，那些人便全都向她靠过来。那人大声喊道："冲过去！"

所有摩托车同时猛踩油门，加快车速。

两个警察站到路上想拦住他们，但他们丝毫不减速，发出震耳欲聋的噪音朝警察冲去。她听到警车里的对话机传出喊声，但周围太嘈杂，根本听不清。两个警察仍站在那里，就在快要撞上的瞬间，他们迅速侧身闪到一旁。

摩托车手们发出胜利的呐喊声："警察没来追我们！"

"他们害怕啦！"

等到看不见警车闪烁的灯光，他们才降低速度。

"喂，我们就在那里吧。"一个头目模样的人说道，于是一伙人拐上一条岔路。拐角处有一栋高大的建筑，后面是一个宽敞的停车场。进入停车场，少女两侧的摩托车才离开了她。她下了车，那伙人仍围着她打转。转了几圈后，那个头目把车停在她面前，其他人也围着她停下。

"怪不得这么高，原来是外国人。"头目下了摩托车，向她走近一步。在这个季节，他竟穿了件皮夹克，留着莫希干发型，抹着硬硬的发胶，戴着一副墨镜。

“看起来一般，唉，就是她吧，正想找个这样的玩一次呢。这么结实的身板，我们一起玩她都没问题。至少每人能玩两次。”

众人发出一阵怪笑。

头目扬了扬下巴。“按住她！”

两个男人走向她，想按住她的手脚，却都没什么力气。她稍稍一动便挣脱出来，反手扭住其中一人的胳膊。那人疼得惨叫，倒在水泥地上满地打滚。她又抓起另一个人的衣领把他举了起来，像扔篮球一样抛向前方。那人很轻，这让她有些意外。男子滚落在地，后脑遭到重击，发出沉闷的声响。

“你想反抗！”

头目大为意外，脸色沉了下来，从牛仔裤口袋里掏出一把刀。另外几人也同时掏出刀子，还有人拿出铁棒之类的东西挥舞起来。

“要是不想死，就把衣服都脱了，把屁股给我露出来！”那头目朝她叫嚣。

她把手伸进夹克口袋，拿出手枪，所有人都吓得向后退了一步。

“傻瓜！那是假的！”头目大喊，“不要被她吓到！”

她拉开手枪击锤，慢慢把枪端平。头目的表情开始变得僵硬。“那是假的！”他发出一丝冷笑，“有本事你就开枪！”

她扣动了扳机。随着刺耳的枪声，男人的身体被推向后方，重重仰倒在地。空气里飘散着硝烟的气味，周围死一般寂静，随即又一片恐慌。她举着枪瞄准其他人。那些人顾不得头目，你争我抢地坐上摩托车。

一人动作有些迟缓，引擎未发动起来。她大步追过去，跨坐在那人身后。那人吓得叫出声来。

她拿枪顶着他的后背，另一只手向前指了指，示意他开车。

车终于发动了。那人浑身颤抖着扭过脸问道："你要……要去……哪儿？"

她抬头看看天空，很快便找到北极星，于是抬手向东指了指。

那人开动摩托车。她依旧用右手持枪，左手抱住了他的腰。

三十分钟后，摩托车靠近了东京都中心。"再往前走就是新宿了。"那人说道。到了新宿，她就认识路了。她伸手示意在一个人少的地方停车。

她从夹克口袋里掏出那张撕下来的地图，给那人看了看，又指了指地面。

"你问这里是什么地方？"那人问道。

她点点头。

他接过地图看了一会儿，指着说："现在是在这一带。"

她拿过地图看了一下，扬扬下巴，示意他离开。那人表情放松下来，骑上了车。

那人正要发动，她举起拿枪的右手，朝他的后脑狠狠砸去。枪托砸在延髓上方。那人先向后一仰，然后就像断线的木偶一样倒下，摩托车也歪倒在一边。

她收起手枪，走进浓浓的夜色。

22

当天夜里，紫藤等人接到了八王子发生的案件通报。此案和之前的连环杀人案有关，凶手可能会逃到相邻的山梨县。山梨县警方立刻以县界为重点进行了警戒部署。

驻扎在山中湖调查总部的紫藤仔细听取了案情通报。当然，通报者并非正为抓杀人犯而疲于奔命的警视厅的人，而是被派到成城警察局的山梨县刑警。

紫藤恨得咬牙切齿，决心亲手抓住凶手，毕竟第一起案件是在他的辖区发生的,更重要的是,他无论如何都要为吉村巡查报仇。如果不是吉村，死去的人很可能就是他。

前田径选手丹羽润也之死极大地刺激了紫藤。他还记得，在成城警察局时，根岸给他看的清单上就有这个名字。那张清单列出的是住在高圆寺一带的体育界人士。根岸曾说，他们在这些人周围都布置了警力，看来丹羽因去了八王子而脱离了警方保护。

他想起帝都大学中斋教授的话——田径界不存在不正当行为。现在凶手已向丹羽下手，说明他一定和仙堂有着千丝万缕的联系。

难道他和自杀的小笠原以及此前被害的安生拓马一样，也和兴奋剂有关吗？

竞技滑雪、举重，这次又轮到短跑——如此多的项目让紫藤感到无所适从，没人知道凶手的下一个目标是谁。

紫藤希望亲自给凶手戴上手铐，但他仍然盼望凶手今晚就能落网。

有一个问题一直萦绕在他的脑海里——凶手怎么知道丹羽润也在八王子？她在书店买地图时，给店员看过的纸上写着三个地址，其中之一是高圆寺，可能就是丹羽润也的地址。但她为什么没在高圆寺出现？

紫藤正思考时，旁边的电话响了。山科警部拿起话筒，说了几句便挂断了。

紫藤问道：“谁打来的？”

“县警总部。县境周边的警戒解除了，说凶手没来这边。”

“有什么线索吗？”

“具体的不太清楚。”

山科阴沉着脸，摇了摇头。

不一会儿，电话铃又响了。山科拿起话筒，听着听着，脸色苍白起来。

“是吗……知道了。有情况随时联系！”山科放下话筒，抬头看着天花板，长叹一声，然后看向紫藤，沮丧地说道：“我们又被她耍了。”

金井问：“让她跑掉了？”

“也许吧，不只是跑了……”

“怎么？”

“又发现一具尸体，好像是飙车族，用枪打死的。”

紫藤下意识地站了起来。

山科看着他接着说：“离丹羽润也被害现场约十公里，东南方向。案发地点是路边一个家具店后面的停车场。”

紫藤问道：“案发时间呢？”

“具体时间还不清楚，好像是一个小时以前。附近的居民说那时听到了飙车的声音。”

“有什么证据证明是同一人所为？”紫藤不希望现实真的如此，不禁提高了声调。

“是通过一个电话。”山科说。

“电话？”

“听说有人报警，说飙车族头目在家具店后面的停车场被人用枪打死了，还说开枪的是个外国女人，穿黑色夹克，个子高得吓人。打电话的可能是飙车的同伙，他们害怕受到牵连，都逃离了现场，但又不放心尸体，因此打电话报警。”

“高个子外国女人。”

没错，是她！她又用吉村巡查的枪杀人了！深深的失望和愤怒顿时袭上紫藤心头。

此后警方再未得到有价值的线索。紧急部署耗费了巨大人力，却一无所获。凌晨两点刚过，警方又接到了消息——有人在新宿附近的一条路上发现一个昏倒的年轻人，头部似乎遭到钝器击打，一直处于昏迷状态。从穿着和倒在一旁的摩托车来看，此人很可能是被杀的飙车族头目的同伙。如果作案者为同一人，那就说明她又回到了东京都中心。

“她回来是为了寻找下一个目标吧？”金井看着紫藤问道。

紫藤只得点头。凶手给书店店员看的三个地址都在东京都内。

“如果是在东京都中心，要找到一个高个子外国女人也许很简单。”

山科揉着充血的眼睛，低声说道。

23

正在熟睡的有介被一阵剧烈摇晃弄醒了。他尚未完全清醒，只恍惚听见有人喊道：“出大事了！出大事了！”

有介睁开眼睛，看到小夜子正脸色凝重地看着他。

他问道：“出什么事了？”

“丹羽他……”小夜子说到这里，无论如何也说不下去了。

有介看着她，心生不祥的预感，立即坐起身问道：“润也到底怎么了？”

“刚才，电视上说……他在八王子的运动场附近……被杀了！”

有介立即翻身跳下床，穿着睡衣走到起居室，打开电视。

他看看表，快早上九点了，这个时间段播放的都是面向家庭主妇的新闻。

他拿着遥控器迅速切换频道，可惜没有相关报道。他停下来，搓了搓脸，试图稳定情绪。越是这个时候，电视里越是播放些无关痛痒的冗长报道。

润也被杀了！

不用看新闻，有介也明白发生了什么。杀了拓马后，塔兰图拉又把触角伸向了他们几个。

可他的脑海里始终有一个疑问——为什么？为什么这些人这么容易就被杀掉了？润也早有防备，比任何人都害怕那个怪物的到来，正因如此，他才从高圆寺的公寓搬到八王子的宿舍。

“我说……”小夜子走到有介身旁，把手放在他的手上。她看起来有些担心，眼珠转个不停。

“给我拿点水吧。”有介说。

她点点头，站起来。正在这时，电视屏幕上出现了一个女记者，屏幕下方打出“前奥运会选手在八王子被害”的字幕。

“昨晚十点左右，桂化工田径队教练丹羽润也在该队宿舍青叶庄附近被人杀害，田径队领队伊吹发现了尸体并报案……”

记者以沙哑的声音说出的每一个字都像在敲击有介的五脏六腑，特别是当屏幕上出现那辆扎着标枪的车时，他有一瞬间觉得那辆车就像自己的尸体一样。

接着记者又报道了飙车族被杀案件，枪杀、同案犯、回到了东京都中心——每一个都是噩耗。

开始播报其他新闻了。有介愣了很久，直到小夜子端着水走到面前才回过神来。

“啊……谢谢。”

他的嗓子干得要命，接过杯子一饮而尽。水呛进了气管，引起一阵剧烈的咳嗽。小夜子递过一条毛巾，他接过捂住了嘴。过了一会儿，他感觉好些了，却仍用毛巾捂着脸，脑中一片空白。

“有介，”小夜子喊他，“没事吧？”

“没事。太意外了，一下子有点承受不了，已经没事了。”

“哦……”沉默了一会儿，小夜子问有介，“前两天你不是去润也那里了吗？和这事有关系吗？”

有介拿开毛巾，看着小夜子，她也目不转睛地看着他。

这是个直觉很敏锐的女人，虽然平时并不明显，但一到关键时刻，她就会变得非常敏感。

该怎么办？一瞬间，有介有些动摇，想或许该把一切都告诉妻子。可这念头只一闪便被否定了。他不能让妻子也承受这种痛苦。

“没有。”他摇摇头说道，“与这无关，我只是拿稿子去向他征求意见。”

“真的？”

“真的！”

“哦，那就好……那，你也不知道这是谁干的？”

“是啊，真是太意外了，我不敢相信，也不知道到底发生了什么。”

“哦。”小夜子微微点头，但眼睛里仍写满不安。

有介起身说道：“我出去一下。”

“去哪儿？”

“这件事或许可以作为素材，我去打探消息。”

“早饭呢？”

“不吃了。”

有介回到房间换了衣服，拿着车钥匙走出家门。小夜子出来送他，他却不敢正视妻子的眼睛。

坐在车里，有介不知该去哪里，他只是无法安静地待在房间里。那个怪物早晚会找到他，这种恐惧让他心态失衡，自信全无。他更担心小夜子会发现他的不安和恐惧。也许她早已有所察觉。

有一点他百思不解。

那个被仙堂称作塔兰图拉的少女，怎么会知道润也的藏身之地？当然，不是没有办法。如果她在高圆寺没有找到润也，可以给公司打电话，由此得知田径队训练的地点。

可一个外国少女能想到那一步吗？也许，她首先想到的就是守在高圆寺的公寓等润也回来。

有介对此耿耿于怀事出有因。

自始至终他都认为和其他三人相比，自己更有利。就像润也所说，有介最近刚搬了家，应该不用担心会被塔兰图拉找到。润也也是为躲避她才搬到田径队宿舍。

可是，搬了家的润也还是轻易就被杀了。有介虽不知个中原委，但这提醒他，绝不能以为搬了家就高枕无忧。

而且，那女人的杀人手段实在恐怖。

杀害拓马时就是那样，她没有单靠超人的蛮力解决问题，而是抓住对手的疏漏，用意想不到的方式接近。为杀润也，她竟想到用女队员做诱饵，手段卑劣至极。有介想，如果她要给自己设置圈套，一定会打小夜子的主意，他必须阻止这种情况发生。

有介漫无目的地开着车，看到路边有个公用电话亭，便停下给翔子家打电话。她不在家，话筒里响起答录机的声音。有介略一犹豫，挂断了电话。万一翔子被杀，警方自然会搜查她家，很可能通过电话留言找到他。对于这个想法，连有介自己都觉得卑劣。他走出电话亭，发现旁边是一家主营木工工具和五金材料的购物中心。他把车开进停车场，走进购物中心。

他看了看贴在扶梯旁的导购图，找到刀具区的位置，然后乘扶梯到了二楼。

他觉得胸口像堵了块大石头，无所适从，但他清楚地意识到，事到如今，他能作出的选择少得可怜，而且无论如何事情都终将有个了结，正是这个想法让他站上通往二楼的扶梯。

刀具区在二楼拐角，玻璃柜台中陈列着各种菜刀、水果刀。

有介不知该选哪一种。

他从未动过刀，更没用刀伤过人，不清楚什么样的刀能达到预期目的。

一个皮肤黝黑的店员走了过来。“您要买刀吗？”有介回过神来，发现自己正站在户外用刀具的柜台前。

“如果是野营用，这些比较适合。”店员拿出一把折叠刀，刀刃长度约有十厘米。

有介拿过试了试，比想象中要轻。他的脑海里浮现出和那个女怪物搏斗的情景。面对如此强大的敌人，这把刀显得无足轻重。

“其他还有很多种。”店员说，“有卡美卢斯、彪马、巴克、戈博，国产的有卢塞尔……”

“有没有大一些的？刀刃再长一些、厚一些，比较结实的那种。”

“请稍等。”店员从里面拿出一把刀，长度与厚度都超过前一把的两倍，拿在手上感觉沉甸甸的。“这把刀质量非常好，能用很长时间。”

有介想象着用它刺向对手的感觉，他不知自己能否那样做，可不那样就会被对方所杀。

“就要这把。”他折好刀，递给店员。

24

十五日下午，山科带领包括紫藤在内的四名刑警前往东京。八王子警察局为调查十四日晚上的案件成立了调查总部，他们此行是为了到那里参加会议。同时，辖区内发生飙车族头目被杀案的日野警察局，以及座间和成城警察局的调查总部也都派人参加。紫藤已是连续三天来东京了。

“不光我们，听说县警总部今天也有大人物来东京呢。”在开往八王子的车上，山科对大家说。

“好像警视厅为此事都召开全体会了。坏消息接二连三，警视厅终于沉不住气了。”

“三个新被害人里有两个已经死了，这太让警察丢脸了。而且昨晚正在紧急部署时，凶手又作案了。”一个姓木越的资深刑警事不关己地说。

最年轻的古泽毫不客气地说：“就算把官员都请来，还是想不出解决问题的办法。”

山科一本正经地说道：“大人物出面也是为了对公众有个交

代。今天的晚报要是登出总部大人物的合影，也能传达一种信息——警方正在全力抓捕凶手。”

其实，媒体已经争先恐后指责警方办案不力了。紫藤早已做好心理准备，民众对警方的不满将越来越强。

他们到达八王子警察局时，会议室已坐满了人，看来座间和成城警察局的人已经先到了。

山科要和其他警察局的同事商量事情，径直向里走去。紫藤等人找不到座位，只好靠墙站立。

有人从旁边拍了拍他的肩膀。他扭头一看，是成城警察局调查总部的警部补根岸。根岸站在那里，脸色显得很疲倦。

“紫藤先生好像昨晚没睡吧？”

“根岸先生您也是吧？”

“我们太想抓到她，现在压力很大。昨晚差点就抓到了，可还是让她跑掉了。”

“凶手目前在市中心？”

“应该是。”根岸说着摇摇头，“现在又像在大海捞针了。”

会议开始了。警视厅第八总部的铃木——一个小个子警视站在前面，详细介绍发现尸体时的情况和曾被凶手拘禁的女队员的证言。

“下面向各位介绍侦查进展，首先是凶手的行踪。”警视身后的黑板上投射出一张以八王子为中心的巨大地图。一个胖男人站到前面，他好像是调查一科的科长。

“证据表明，凶手是在田径队训练结束后，即五点左右到达案发现场的。有一个练习三级跳远的男队员见过她，说她一直看着运动场，可能在找丹羽。”

紫藤想，恐怕她的目的没那么简单。从作案手段来看，凶手当时一定是在物色劫持的对象。如果爱徒失踪，丹羽一定会去找，而她就可以按计划杀掉丹羽。凶手通过这种方法引出躲在田径队的丹羽，真可谓绝妙至极。

“目前还不清楚凶手通过何种方式到达桂化工田径队宿舍。我们正在离案发现场最近的车站附近取证调查，但这个车站离现场也很远。我们也在对出租车进行排查。”

紫藤觉得凶手利用出租车的可能性很大，因为她根本不担心长相被人记住。

“凶手的逃跑方式已确认，是骑车逃走的。田径队宿舍丢了一辆公路自行车，那种车很适合在柏油路上高速骑行。”

紫藤喃喃道：“这可是她擅长的。”

“凶手似乎是沿运动场前面这条路向北走的。”胖警部用笔指着投影说，“案发地以北两公里左右有个十字路口，路口以东一公里处有个便利店，凶手在这里买了汉堡和牛奶，店员对她有印象。她此后的行踪还不清楚，可能在这一带迷路后向东南方向走，进入日野市。自行车被扔在日野市神明的家具中心后面的停车场，即飙车族被杀的地方。”

介绍完毕，警部回到座位。

铃木警视接道：“此后约凌晨两点时，有人发现飙车族的一个成员昏倒在中野区弥生町路边，此人后脑遭到重击。我们在等医生通知，只要情况允许马上询问此人。”他环顾众人，又道：“下面介绍一下日野市飙车族被杀案的情况。”

两名警员应声站起，看来是日野警察局的。

“凌晨零点五分，日野警察局接到电话，说飙车族头目被杀了。

神明派出所的警察在接到报警十分钟后赶到现场。尸体的位置在停车场中央，呈‘大’字状倒在地上。子弹从前胸射入，从肩胛骨射出。射入口有挫伤痕迹和火药残留物，周围还有经火焰灼烧的痕迹，由此可以判断凶手开枪时离死者很近，应该在两米之内。子弹现在还没有找到。预计死亡时间是在尸体被发现一个小时前，即十四日夜里十一点。向附近居民取证时，他们也说在那个时段听到了飙车的声音。尸体周围发现了若干摩托车的胎痕，可以推断当时在场的还有飙车族的团伙。另外，田径队宿舍失窃的自行车倒在距尸体约三米远的地方。死者身份已查明，叫牧田富和，住在××××，十九岁，无业，是名为‘黑色火焰’的飙车族的头目。现在我们正在寻找该团伙其他成员，但住址都不明确，调查起来很费时间。”

铃木警视苦恼地说道：“估计是害怕受牵连，都躲起来了。”

这时，一个刑警举起手。“凶手杀丹羽润也的时间大概是九点，根据刚才的介绍，凶手骑车两个小时却只走了十公里。虽然可能因为和飙车族发生纠葛拖延了时间，但骑车只走了这么短的距离还是有些不可思议。”

此前用地图说明凶手逃跑路线的警部答道：“第一，凶手在偷车时可能花了些时间；其次，刚才已向各位提到，凶手在路上买过食物，可能因吃东西而耽搁。最主要的还是凶手对路不熟悉，那一带路况非常复杂，凶手很可能因为迷路耽误了时间。”

另一个刑警问道：“如果在十一点时凶手只跑了十公里，应该在我们紧急部署的范围内，没有警察看到她吗？”

胖警部答道：“没人报告看到凶手。”他随即又打开投影仪，在黑板上投射出一幅地图，接着说道，“但有一点值得注意，在刚进日野市的地方，即这幅图上标记的S地，警察在检查过往行人时曾遇到一个由十几个人组成的飙车族团伙，可能就是刚才说到的那个。这伙人强行闯过关卡，在场警察判断此团伙和本案凶犯无关，便没有追赶。”

“凶手是否有可能就藏身其中？”

“据在场警察说，他们完全没想到一群摩托车里会藏着骑自行车的杀人犯。但如果飙车族故意把凶手藏起来，也可能躲过警察的视线。”

毕竟这说明警察可能有失察之处，胖警部的回答听起来有些没底气。

“下面，请山梨县方面介绍凶手的情况。”铃木警视言毕，山科站了起来。他从仙堂之则被杀一案开始叙述事件经过，并说明他们的推断——凶手很有可能是仙堂从加拿大带回的一名女田径运动员。

“我们认为，凶手的杀人动机是向杀仙堂的人复仇。现在还不能确定仙堂一案是一人还是团伙所为。”

山科又把仙堂曾在加拿大进行运动科学研究、自杀的滑雪选手小笠原彰可能曾在仙堂的指导下服用过兴奋剂，以及日本奥委会曾对此事进行调查等情况一一道出。

接着，警视厅的小寺警部站起身，通报了安生拓马被杀的情况及其履历，还提到安生用兴奋剂的传闻。

“另外，我们在调查本月九日至十日安生的行踪时，发现他说了假话。由此可以推断，安生为了掩盖自己在做运动员时的不正当行为，潜入仙堂在山中湖的家里并杀死了他。”说完结论，小寺坐了下来。

会议室里一片哗然。大多数刑警此前并不知道全部内情，此时得知许多著名运动员牵涉其中，都吃惊不已。

铃木警视喊了一声："静一静！下面要向大家说明丹羽润也的履历。"

"是。"一个皮肤黝黑的刑警应声站起，"丹羽的籍贯是千叶县市川市 ×××，他是短跑运动员，还在当地高中田径队时就非常引人注目。高中毕业后被保送到 N 大学体育系，后来经常在全国锦标赛和国民体育大会上获得好名次。大四时，他在全国锦标赛二百米和四百米项目中第一次获得冠军，从此在国内比赛中再没输过。进入桂化工后，他参加过一次亚锦赛和一次奥运会。三年前退役后，他一直在田径队做教练。"

丹羽是从大四开始实力变强的——紫藤思忖着其中的理由，这是否说明那时兴奋剂已经开始起作用了呢？其他刑警似乎也注意到了介绍丹羽运动成绩的用意。

有人问道："丹羽上学时去过加拿大吗？"

肤色黝黑的刑警回答："现在正在调查，他所在公司的田径队说没听说过，很可能是本人刻意隐瞒了这段经历。"

"你把这几天丹羽的行踪说一下。"铃木警视说道。

"是。九日，他和往常一样参加训练，在食堂吃完晚饭后回家。他一个人生活，所以没有证据证明他回到了高圆寺的公寓。十日和十一日也都和往常一样去公司上班，下午参加田径队训练。十二日一早开始参加训练，十三日休息。昨天，十四日，丹羽一早就到了宿舍，据说还带着行李，也就是说，丹羽本来从昨天开始要在宿舍里住一段时间。"

会议室里又响起一片议论声。

有人问道："他什么时候决定住进宿舍？"

"田径队的伊吹领队说，前一天丹羽来找他，说要从第二天开始在宿舍里住一阵子，理由是想尽量和队员们多在一起。"

"那么昨晚他就住在八王子？"

"对。"

与会者似乎对被害人这一不自然的举动感到不可理解，又纷纷议论起来。铃木警视起身，示意大家安静，说："我想大家可能也注意到了，从刚才的通报来看，可以推断丹羽想逃避凶手的追杀。安生拓马被杀后，他害怕下一个会轮到自己，这说明丹羽很可能与仙堂被杀案有关。"

听了警视的话，不少人都点头表示赞成。

在通报了其他内容后，会议最后确定了后续的侦查方针，由警视厅调查一科的绀野警视全权负责指挥，形成彻底的共同调查模式。

凶手下一个目标会是谁？若是她追杀的目标到此为止就好了，可她给涩谷书店女店员看的纸上写着三个地址，如果其中之一是丹羽的，那还剩下两个。

现在，必须找出和安生或丹羽有某种联系的退役运动员，同时这些运动员都要有服用兴奋剂的传言——会议确立了这一方针。紫藤等人要重新排查仙堂周围的人，至于加拿大方面，则由警视厅总部负责调查。

会议持续了很久。结束后，八王子警察局的年轻刑警带紫藤等人去了警察局一楼的停车场，被害人丹羽润也的车就停在那里。一同前去的还有根岸。

年轻警员苦笑着对他们说："很值得一看。"

他的话一点也不夸张。看到那辆车时，紫藤惊得哑口无言。不光是他，在场的几个人全都目瞪口呆。

看上去如此结实的汽车，竟能因一个人的力量变成这样！插着两支标枪的车体，不禁让人联想到庞大的野兽尸体。

站在紫藤旁边的根岸自言自语道："真是怪物啊！"

25

有介买完刀就去了高圆寺润也的公寓，心想在那里或许能打探到一些消息。公寓旁停着一辆警车，几个男人在润也家进进出出。有介停下车，走进附近一家书店假装看书，观察润也房间的情况。过了一会儿，那些刑警从房间里搬出一个纸箱。有介想，那里面可能装着能够找到线索的东西，也许还有通讯簿。他做好了心理准备，警方很可能从中找到自己的名字和住址。

不久，警车离开了，看热闹的人也逐渐散去。

有介走进公寓，按响润也隔壁的门铃，一个中年主妇隔着门锁链探出头来。

“我是记者，想向您了解一些情况。您放心，我只是想为杂志写一篇报道，不会给您带来麻烦。”

他拿在手中的是一个相熟编辑的名片，一直放在他钱包里。他不能暴露真实身份，而且名片上印着出版社的名字，比较容易引出话题。主妇脸上戒备的表情终于消失，她解下锁链打开了门。

“其实我也不知道怎么回事。”

“警察是不是问您什么了？”

“是啊，他们问我是不是见过一个高个子女人。”

“您见过吗？”

“没有。不过有人说见过，就是前面那家小酒馆的人，说是要仰起脸来才能看到那女人。”

那少女果然来过这里！

“警察还问您什么了？”

“问我是不是知道丹羽要有一阵子不住在这里，我说知道，他在门上贴过字条，上面写着联系地址呢。”

“字条？”

有介心中的疑惑终于解开了，那女人一定是通过字条知道了丹羽的新地址。有介无法理解润也这么做出于何种考虑——他怎么会那么大意！

“然后他们又问了我很多关于丹羽的事。”主妇看到有介陷入沉思，自顾自地说起来，“问我丹羽都和什么样的人交往啊，最近在做什么之类的。我和丹羽也只是见面打个招呼，对他的情况并不了解，不过我跟警察说了，最近好像总有客人来找他。”

“客人？是一个人吗？”

“好像不是，有时是两个人，有时是三个人，其中有个年轻姑娘。我看到他们从丹羽的房间里出来过。”

有介意识到，她说的正是他们几个，年轻姑娘就是翔子。显然，这些证言会引起警方足够的重视。

向主妇道谢后，有介结束了谈话。主妇问什么时候能买到刊登采访内容的杂志，他含糊其辞地应付过去。

告别主妇后，有介给翔子打了两个电话，都转到了答录机。

今天是敬老日，应该休息，但翔子的工作向来与休息日无关。

有介脑海里忽然闪过一个念头——翔子会不会已被杀了？这并非完全没有可能，也许只是尸体还没被发现。

他思考着怎样才能得到确切的消息，最好的办法就是去她的住处，可他不敢前往，那个怪物也许正在那里监视。

有介回到家时，已过下午三点。刚一开门，小夜子便不安地迎上来。“警察来了。”

“哦……”有介心下一惊，但没表现出来，“等很久了？”

“不是，刚到。”

有介点点头，走向客厅。

沙发上坐着两个貌不惊人的男子。看到有介，他们起身致意。两人是刑警，一个来自警视厅总部，一个来自成城警察局，看上去都是四十来岁。刑警先问他是否知道丹羽被杀一事。

“知道，太让我吃惊了。我和丹羽是通过田径比赛熟悉的。”有介如实说道。既然警察已找上门来，对这些情况应该早已了然于胸。

“是那样的吧。您是跨栏选手，而丹羽练的是短跑，所属项目不同，可参加全国锦标赛集训时，你们的关系却是最好的，对吧？”警视厅的刑警问道。

“啊，是的。”有介不由暗暗佩服警方的调查能力，他们连这些情况都掌握了。

“其实，在参加锦标赛时，有人说丹羽服用过兴奋剂，这件事也和本案有关，您了解此事吗？”

“兴奋剂……这倒不是很清楚。”有介摇摇头，他清楚地听到自己的心脏跳动的声音，“我不相信丹羽会做出那样的事……”

“那您听说过周围有谁服用过兴奋剂吗？请放心，我们绝不会向任何人透露您的话。”刑警的目光里似乎流露出讨好之意。

有介又摇了摇头：“没听说过，我想没人那么干。”

“哦。”刑警们露出一副信服的表情，又询问起集训的情况，以及润也的近况。他们的问题看似无序，但都非常详细。有介尽力不露破绽。

“您经常和丹羽见面吧？”

“不，只是有时会找他了解一些田径界的情况。”

“您最后一次和他见面是什么时候？”

“这个嘛……”有介用余光确认小夜子没在客厅里，说道，“大概是在一个月前。”

“日浦先生，您知道还有谁和丹羽关系好吗？”

“这我就不太清楚了。”

刑警点点头，似乎并没觉得多么遗憾。

大约过了一个小时，刑警们结束了询问。送他们出门时，小夜子也从房间里走了出来。

“打扰了。”刑警们向他们低头致意，打开房门走了出去。这时，成城警察局的刑警又回头问有介：“日浦先生，您去过加拿大吗？”

“什么？”

“加拿大，比如说上学时去过吗？”

“没去过。”

“啊，哦，打扰了。”

他们再次低头致意，总算走了出去。有介把门锁上，刚要回自己的房间，忽然发现小夜子正一动不动地盯着他。

“怎么了？”

小夜子说道：“为什么说谎？你不是去过加拿大吗？”

“那样他们还会问这问那，太麻烦了。”

有介从小夜子的身边走过，想去工作间。身后的小夜子说：“你不在时，有个女的打电话找你，我记下来了。”

“谢谢。”

有介进了房间，看到了桌上的纸条——“木村翔子TEL×××××”。一定是翔子。

有介拨打纸条上的号码，那是东京都内一家知名酒店。他报上客人的姓名——木村翔子，过了一会儿，电话接通了。

“太好了，你没事！”翔子听起来非常兴奋。

“我也一直担心你，给你打了好几个电话。”

“对不起，可是没办法。我不能在那个公寓待下去了。”

“出什么事了？”

“那个女人找到我那里了。”

有介觉得心被猛地揪紧了。“……什么时候？”

“星期日晚上，那天我们不是都去丹羽家了吗？就是那天晚上。她好像一直躲在停车场里等我，多亏那天没开车才没被她找到，所以她才先去杀丹羽。”

“你怎么知道她在那里等你？”

“有证据。先不说这些，我们还是商量一下以后该怎么办吧。我有个想法。”

“什么？”

“电话里不能说，我想和你见面。”

“知道了，时间和地点你来定吧。”

翔子告诉有介酒店附近一家咖啡馆的名字，约在六点见面。

有介放下电话，做好出门准备后走出房间。小夜子正在厨房里准备晚饭。

“抱歉，我还要出去一下，要和一个编辑见面。”有介说着向门口走去。

小夜子追了上来。“有介。”

有介穿上鞋，扭过头望着妻子。她真挚的目光一时让他有些退缩。

“有介，有什么事要跟我说啊。”

有介苦笑一下说道：“我一直在跟你说啊，不要瞎担心。”

就在他把手搭在门把手上时，小夜子对他说：“刚才警察问我，九月九日晚上你去了哪里。”

有介细细端详小夜子的脸，她的眼角红了。

“我跟他们说，你一直待在家里。那样说没事吧？”

“小夜子……”有介感到心绪被搅乱了。九日晚上，他对小夜子说要去采访，根本不在家。“我出去一下，可能晚点回来。”

有介说完就开门走出，听到身后的小夜子轻声说道：“路上注意安全。”

26

音响上附带的电子时钟指向下午五点半。

少女蹲伏在微暗的房间里，静静等待着房间主人归来。

日浦有介——YUSUKE HIURA 应该会回到这里。

昨天，她胁迫那个飙车男人将她送到新宿后，在路边将就了一晚。她觉得那样才最安全，不会引起他人注意。新宿是个不夜城，晚上人们在街上漫无目的地徘徊，空气中弥漫着酒精和秽物的气味，偶尔还会听到叫骂声，甚至看到暴力。大多数人似乎对这一切漠不关心，只是匆匆走过。

路边有不少人或蹲或躺。有些人是因为醉酒，更多的人似乎除了躺在那里之外再也无事可干。她找地方坐下来，果然，根本没人注意她。

但她仍然遇到两次搭讪。第一次是两个日本男人，问她在干什么，要不要一起玩玩，见她没什么反应，便耸耸肩离开了。

另一次是几个黑人，应该说，是三个黑种男人和两个看上去像日本人的年轻女人。女人们都非常瘦，就像衣架上挂了块布似的。

一个男人坐到她旁边，用英语问她是否愿意参加他们的聚会，并说聚会在一家酒店举行，酒随意喝，还有好东西，而且由日本人出钱，她一分钱都不用花。

她拒绝了，但男人并未放弃，又说：“反正你也是一个人，不如加入我们吧。”男人边说边凑过身来。

甫一靠近她，男人的脸色立刻变了，似乎感觉到她夹克口袋里放着什么。她也直直盯着那人的脸。

男人迅速退回去，友好地笑笑，举起双手。“好，我明白了，谁都有想一个人待着的时候。”他很快站起来，回到同伴中间，用大拇指指着她说了些什么。那些人并没感到特别诧异，只是好奇地转过身看了她一眼。

到了早晨，路上出现了一股庞大的人流，均涌往车站搭乘头班电车。她从口袋里掏出地图，确认佐仓翔子和日浦有介的住址。她想了一会儿，决定先去找日浦，因为两天前她去找过佐仓，但没有找到。

武藏野市吉祥寺南町

这是日浦的住址。太阳已升得很高，她依照地图所示路线出发了。

不到两个小时，她就走到了吉祥寺，此后的行程对她来说堪称挑战。她按笔记上的地址对照路标一路寻找，终于到了那个地方——一座二层公寓，外观和她家乡的汽车旅馆非常相似。

绿丘公寓——日浦就住在这里的一〇五室。

她站在门前，看了看斜上方的门牌，上面的字好像不是“日浦有介”，但她无法准确判断。对她来说，汉字，特别是手写字体都只是些线条的组合图案。

她环视四周，路上很少有人走过，而且建筑之间的缝隙很窄，不必担心被人看到。

她从夹克口袋里掏出手枪，另一只手按响门铃。如果开门的是日浦，她会毫不犹豫地开枪；如果不是他本人，就先强行进入房间。

门没开，房间里好像没人。她又按了一次，还是没人。

她想，也许是去工作了，日浦肯定是一个人生活。

她离开那扇门，转到公寓后面。那里有一堵墙，墙那边是一栋很大的木结构民宅。

她确认一〇五室窗户的位置后，翻墙潜入那栋民宅院内。她进入的是民宅后方，所以不必担心被人发现。

她发现脚边有几个花盆倒在地上，便挑了一个大小合适的捡起来，将身子探出墙去，用力把花盆掷向一〇五室的窗户。

一阵玻璃破碎的声音随即响起，她蹲在墙后藏了起来。过了一会儿，不知哪个房间的人打开窗户，似乎要看看外面发生了什么。不知是觉得无足轻重，还是觉得事不关己，那人看了几秒钟，便把窗户关上了。

她蹲了很久，不见住户出来吵嚷，便翻墙跳出。

一〇五室的窗户有一扇玻璃几乎全被砸掉了，白色的蕾丝窗帘随风摆动。她把手伸进窗框，打开窗锁。

这是个一室带一个小厨房的套间，铺着地板，摆着床、桌子和一套音响。厨房的洗碗池里放着咖啡杯和碟子，像是吃早饭时用的。

她看看表，已近上午十点。她从冰箱里找到火腿和牛奶，又吃了五个生鸡蛋，然后躺在床上睡了一会儿。她已很久没在床上好好睡一觉了。

醒来时，已是下午五点半。她想冲个澡，可又不知日浦何时回来，只好作罢。

马上就六点了。

27

快六点时，有介来到和翔子约好的地方。那家店土里土气的，若在平时，除非工作需要，有介绝不会到这样的店。他站在店门口向内打量一番，里面摆着白色的桌子，看上去没什么品位，顾客几乎都是男性公司职员，果然是谈公事的地方。

佐仓翔子坐在从里面数第二张桌子旁。她戴着深色太阳镜，头上的蓝色帽子压得很低，这副打扮让周围的人完全没有认出她。

有介没说话，只用眼神打了招呼，便在她对面坐下。不久店员过来，他点了一杯咖啡。

"这里的咖啡可不好喝。"翔子边说边端起杯子喝了一口。

"那个女人真到公寓找你了？"有介急欲知道刚才电话里说的情况。

翔子点点头，眼睛躲在太阳镜后，目光却非常坚定。"没错，我跟你说过，那里有她留下的痕迹。"她道出邻居所说停车场的车里有可疑女人一事，还有那摊尿渍。

"哦，"有介叹道，"也许真是那女人干的。"

“太危险了，要是再晚一点发现就……可正因为没找到我，丹羽才会被杀，真叫人难受。她怎么会找到丹羽呢？”翔子百思不得其解。

“是因为贴在门上的字条。他把写着联系地址的字条贴在了门上，那个女人一定看到了。”

“啊！”

“他太大意了，我不知道他为什么会那样做。”

“也许他以为那女人不懂日文吧。”

“也许。”

店员端来咖啡。有介什么也没放，端起来喝了一口，味道果然很差，就算刻意恭维都很难。

“下一个该轮到我了。”翔子低声说道，“她应该还不知道你的新地址，也许今晚她就会和上次一样藏在停车场。不，可能现在已经在那里等我了。”

“只要一直待在酒店，不回公寓就可以。”

翔子紧绷的嘴唇闻言舒展了一些。“可是要躲到什么时候呢？难道要一直等到她被抓？”

“只能那样了。”

“不行。”翔子将脸扭向一边，表情又严肃起来，然后转过头看着有介，“好好想想！她一旦被抓，我们就完了！警察肯定已经发现她这样做是在为仙堂报仇。如果她说出我们几个，就全完了！”

“她已经杀了那么多人，如果被警察抓到，很可能会被当场击毙，那样就没人知道这一切了。”

“如果没被打死呢？你觉得杀仙堂的是我佐仓翔子一人，和你没关系？”

“我没那样说，我们都有责任。”

“哦，都有责任，”翔子淡淡地笑了一下，“人们真爱说这句话啊。我们当运动员时，要是有谁做错了什么，教练也会骂我们都有责任呢。”

“不管怎么说，如果警察知道了我们几个的事情，我们也只能实话实说。是仙堂先把枪拿出来的，如果当时我们不那样做，也许会被他杀掉。我想警察会从轻量刑。”

翔子不禁冷笑起来：“那件事我也调查过，在那种情况下，无论如何我们都没有理由。就算仙堂杀了我们，也算正当防卫。原因很简单，因为我们是小偷！法律上有规定，房主如果因为过度恐惧或兴奋而杀死入室偷窃的人是无罪的。明白吗？我们是抢劫杀人犯！”

有介咽了口唾沫，不知该如何回答。

“喂，有介。”翔子伸出右手，放在有介的左手上。她很久没有这样直呼他的名字了。“我们要团结，只要你我团结起来，一定能度过这次危机！”

“……你想怎么办？”

“就像安生说的。”翔子压低声音，“在那女人被抓前，我们把她解决。只能那样做。”

“把她杀了？”有介小心翼翼看着周围，生怕被别人听到。

“要想解决就只能那样做。难道还有什么其他办法吗？”

有介摇摇头。“没有。”

“那你同意了？”翔子直直盯着有介的眼睛，目光充满紧迫感，让人没有犹豫的余地。

有介想咽口唾沫，可嗓子干得要命。

其实为求自保，他早就想过把那女人杀掉，这正是他买刀的原因。可要把“杀人”这个想法说出口，他还是犹豫不决。

翔子追问道：“到底怎么样？”

有介下了决心。“明白了，我同意。”

翔子终于松了口气，朝他点点头，说道：“我原本还想，要是你也背叛了我该怎么办。”

“这不是背叛不背叛的问题。”

“丹羽就背叛了我们！”翔子厉声说道，“他背叛了我们，自己逃跑，结果适得其反。”

“润也的事，我们今天还是不要提了。”

“是啊，反正人已经死了，再说什么也没意义了。”翔子抓起账单站了起来，“去我的房间吧，有些话不能在这儿说。”

有介应声起身。

28

晚上八点。

少女仍躲在房间里等日浦回来。天已经全黑了，凉风从破碎的窗吹进来。她看到冰箱上放着法式面包，便拿过啃了起来。

她刚吃完面包，便响起了开门声。

她听到钥匙插入锁孔，门锁被打开，便立刻躲到浴室的角落里。门开了，有人打开灯。她从夹克口袋里掏出手枪。

这时，响起了一个女人的声音："啊！"似乎是发现了被打碎的玻璃窗。随后，她看到一个年轻女人迅速跑到屋子中央，于是端起手枪。那人朝她走来。四目相对的一刹那，那人惊得睁大了眼睛，嘴一张一合，就像鱼在捕食。她举枪慢慢走近。那人条件反射般举起双手说道："你是要钱吗？在……在我的包里。"

那人把搭在肩上的书包扔到桌上。她拾起书包，从里面拿出钱包，看了看里面的信用卡，上面的名字根本不是"HIURA"[1]，

---

① HIURA 即"日浦"，下文的"MIEKO SUZUKI"是"铃木三枝子"。

而是“MIEKO SUZUKI”。

“现、现金只有那、那些了……”那人结结巴巴地说，膝盖也抖个不停。

她从钱包里拿出两张千元纸币塞进夹克口袋，然后把写着日浦地址的纸条递到那人面前。那人依然举着双手，朝纸条看了一眼。

“这个地址的确就是这里，但是我不知道这个名字。我叫铃木三枝子，是十个月前搬到这里的。这个人是不是以前住在这里啊？”

她点点头，指着纸条上“日浦有介”的字样比画出一个问号。

“这个人现在的住址？我不知道啊。我没见过这个人……啊！”

她用枪顶住那人的胸口，对方吓得声音都变了。这时，她看到桌上放着一部无绳电话，便顺手拿起递了过去。

“你是让我打电话去查吗？可是，要打给哪里才能……”

她一声不吭地端着枪。

“求求你，别开枪。”三枝子一边扭身躲避枪口，一边哀求，“等等，让我想一想，一定会有办法。”三枝子闭上眼睛，似乎想让心绪平复下来。过了一会儿，她睁开眼睛说道：“想起来了，我知道房产公司的电话，让我问问，他们可能知道。”

少女点点头，表示允许。三枝子颤抖着手指按下数字键。

“已经这么晚了，也许没人了。”三枝子想给自己留些余地，但一看到少女用鼻尖指了指枪口，不由得咽了口唾沫，不再说话。

铃声响到第四下时，有人接起电话。

“喂，嗯，我姓铃木，住在南町 ××× 绿丘公寓，我想向您打听一件事。我想知道以前住在这里的人的联系地址……啊，是这样，日浦先生有一位亲戚找到这里，才知道他搬家了，不知该去哪里找他……是的，所以急着想知道他家的新地址……啊，是吗？好的，我等着。我的电话是××××。对不起，给您添麻烦了。”三枝子挂断电话，看着她说：“打通了，还有人在，说查完后往这里打电话。”

少女坐在床上点点头，然后示意三枝子也坐下。三枝子感到下半身都麻痹了，僵硬地坐了下来。

沉默了几分钟后，三枝子先开口说话了：“这些，都是你吃的？”

桌上堆着盛牛奶的纸盒和火腿包装袋。少女点点头。

“你很饿吧？冰箱里还有比萨，你吃吗？”

她犹豫了一下，很快点点头，她确实饿了。三枝子不放心地看着枪口站起来，走进厨房，从冷冻室里拿出比萨，包上铝箔后放进烤箱。

“你……就是那个凶手？”三枝子扭过头来看着她问道，“那个举重运动员，还有那个田径教练，是你杀的？”

她没说话，但三枝子已心下了然。

“为什么要杀人？你恨他们吗？”

她还是没说话，仍举枪对着她。三枝子叹了口气：“是啊，的确和我没有关系。”

比萨烤好了，三枝子放进碟子端到她面前。她拿起比萨，几口就吃完了。

过了一会儿，电话铃响了，三枝子按下话筒扬声键。

“啊，是的，我是铃木。不好意思给您添麻烦了，哦，查到了是吗……三鹰市……哦，是吗？明白了，谢谢您。”三枝子边听边用笔把地址记在旁边报纸的夹页广告上，挂断电话后把那张纸放在桌上。“好像是这里。”

少女看了看那张纸，上面几乎都是她不认识的汉字，更不清楚大致方位。她从夹克口袋里掏出地图放在三枝子面前。

“什么？你是想让我在地图上找到这里？”

她点点头。

三枝子对照刚才写下的地址，用笔在地图上做了记号。“我想应该是这一带。”

她接过那张纸和地图。从地图上看，日浦现在的住址离这里很近，她决定现在就去。

“你……”三枝子问道，“这次是要杀这个人吗？”

她用枪口对准三枝子的额头，示意她闭嘴，三枝子吓得面孔再次抽搐起来。

她打手势令三枝子转过身，然后把枪叼在嘴里，用掉在一边的毛巾从后面捆住三枝子的双手。她又让三枝子坐在地上，绑住她的双腿。

三枝子哀求道：“求求你放过我吧！我绝对不会跟警察说的，不要杀我！”

她根本无意杀三枝子，只是又拿过一条毛巾堵住她的嘴，将其抱起放到床上，并盖了一条毛毯。

快九点了，她从窗子跳出，离开了房间。

29

“我想起一件事，和仙堂的研究有关。”

翔子跷着二郎腿卧在窗边的沙发里，修长的双腿露在浴袍外面。刚一回酒店，她便抱怨浑身沾满烟味，跑进浴室冲了个澡。

有介问道：“什么事？”

“一般的兴奋剂都是靠使用药物达到短期效果，可他的研究不同，他是从本质上改变人体机能，你没听说过吗？”

有介摇摇头。“没有，我那时为自己的事已经竭尽全力了。”

翔子耸耸肩说道：“我也一样。”

“到底是什么研究？”

“比如说类固醇婴儿的研究，大致是通过给孕妇吃类固醇，从根本上对腹中的胎儿进行改造。”

“啊，这个啊……”有介皱着眉点点头，“我看过相关资料，好像和纳粹的人体实验有关。仙堂也搞过那个吗？”

“在那基础上又尝试了新发展，但在动物实验阶段就中断了。因为做动物实验时，不是早产就是生下死胎，平安生下的幼仔也都存在缺陷。”

有介沉默着摇摇头，无心置评。

“除此以外，仙堂还进行了其他研究，其中最花心思的就是通过怀孕对人体进行自然改造。听说女人怀孕时会分泌出增强肌肉力量的物质，这种物质在怀孕时的分泌量是平时的好几倍。养育后代需要体力，所以人体会本能地产生那种反应。仙堂依据这一点人为地使女运动员怀孕，在她们的肌肉力量容易增强时反复训练，再让她们把胎儿打掉。”

“这个我也听说过，据说很多国家使用过这种方法。因为没有使用药物，不必担心被检查出来。这和血液兴奋剂一样，都是魔鬼的伎俩。”

“其实仙堂也是少数掌握血液兴奋剂技术的人之一。有介，你用过那个吗？”

“没有，没到那个程度。”

“是啊，是有点可怕。”翔子抱起双臂，轻轻点点头。

所谓血液兴奋剂，是在比赛二十天前从运动员体内抽出大约一千毫升的血液冷冻，然后在赛前将其中的红血球送回体内。这样，人体肌肉就能摄取更多氧气，从而使人的耐力提高近百分之三十。这项技术是瑞典斯德哥尔摩体育研究所开发的。

“流产是怎么回事？”有介追问道。

“仙堂做类固醇研究时，发现一个问题。女性服用某种类固醇达到一段时间后，体质会发生根本改变，形成习惯性早期流产，最可怕的是停药后也不会改变。以后就算怀孕，一到三个月左右一定会自然流产，而且不会给身体带来负担，胎儿自然而然地就流掉了。”

“也就是说，再也不能生孩子了？”听到这里，有介浑身起了一层鸡皮疙瘩。

“是的，但会怀孕。对仙堂来说，这正是他想得到的结果。因为只要一怀孕，肌肉力量就非常容易增强，而且越是反复怀孕，肌肉增强物质的分泌量就越多。换句话说，这样的女人就像一直在服用兴奋剂一样。而且后期不必再服用类固醇，所以绝不会被发现。”

“原来如此。”

想到正怀有身孕的妻子，有介实在无法理解实验者的心理。但以仙堂的性格，做出如此疯狂的举动并不奇怪。

想到这里，有介不禁开口说道：“这么说，那个女人就是仙堂的实验品？”

“我觉得是那样。”

“你说过，从那个女人很小的时候，仙堂就开始照顾她，我一直觉得他们的关系应该像父女一样。”

“那可不一定。”翔子非常认真地说，“要想怀孕就得有性生活，要有男人。最可靠最安全的男人，就是仙堂自己。”

“那个女人……”有介欲言又止，“她一次次怀上仙堂的孩子，然后又一次次流产？”

“她就是通过反复流产和怀孕训练体能的。”

“这太过分了！”有介摇摇头，随即又停了下来，“仙堂这么对她，她为什么还为他报仇？”

翔子轻轻叹了口气，盯着有介。“你还没弄明白啊。她大概不知道自己为什么会流产，只是一味按照仙堂说的去做。对她来说，仙堂就像神，她相信仙堂能给她带来幸福。我们以前不也是因为相信他才沾上兴奋剂的吗？”

“可我并没有……”

“别光把自己洗干净！”翔子的目光像要把有介看穿一般，“你、我、安生，还有丹羽，我们都一样。我们和那个女怪物没有区别。”

有介不知该说什么，只好沉默着垂下视线。

“她现在除了报仇什么都不想，她没有明天，也没有未来，只有一个目标，就是为了报仇一个接一个杀人。”

“把我们全杀了为止？”

“对，把我们都杀掉为止！”

有介用力抹了一下脸，手掌上泛起油光。

“下次，她一定会出现在我的公寓。”翔子双手支在桌上托着腮说道，“但我那里有门禁，她肯定进不了屋子，还是会在停车场等待。”

“你是说，她已经去你那里了？”

“当然，除了那里她无处可去。”

“那……”有介有些犹豫地说道，“我们现在就去你的公寓，跟她做个了断。”

“在那里动手会被看到的。就算走运把她杀了，也不能把尸体扔在那里。住在那栋公寓的人只有我是体育圈的，很容易被警察盯上。”

“那该怎么办？”

“得想办法把她引到一个没什么人，而且容易处理尸体的地方。”

翔子抱起双臂，歪着头陷入思考，看上去就像在决定一顿饭的菜单，而不是杀人方法。有介看着她，感觉到了她的冷酷无情。

“要想把她引出来，我们就是最好的诱饵。不管我们到哪里，她肯定都会紧追不放。”

“丹羽的新地址不是因为他在门上贴了字条才被发现的吗？我们能不能用这种方法？”

“也就是说，要不经意地把我们的位置透露给她？怎样才能让她知道？她现在应该在你家的停车场吧？”

“是啊，有什么好办法呢？”翔子咬着大拇指。

有介知道，她思考问题时总会这样。

“如果你没搬家，她就会到原来的住处找你。你也可以在门上贴张字条。”

“啊，是啊。”有介刚一开口，忽觉很不自在，“喂，等等……”

“怎么啦？”

“没人保证她不会去我以前住的吉祥寺，既然她不知道我搬了家，肯定会去那里找我。”

“也许会去。”翔子干脆地答道，“不过都是一回事，她很快就会知道你已经不住那里了。”

“她怎么会知道？”

“本来嘛，”翔子撅起嘴，“一看门牌上的名字就知道了。”

“如果她不认得汉字呢？就算她看出名字不一样，会马上离开吗？她一定想弄明白是谁住在那里。”

“也是。”

“我们得看一下，说不定她已经去过了。”

有介从上衣口袋里掏出记事本，翻到写有地址的那页，伸手拿起床头柜旁的电话。

“你给谁打电话？”

“房产公司，我得问问现在住户的电话。”

电话很快就通了。快到九点了，他们还在加班。有介报上姓名，表示要找现在绿丘公寓一〇五室的住户。他本以为对方会觉得奇怪，不料，对方非常热情地说：“啊，是刚才那件事吧，您的亲戚和您联系上了吗？”

“什、什么？怎么回事？”

“怎么？还没联系上？现在的住户是一位姓铃木的女士，您的亲戚不知道您搬了家，找到那里去了。铃木女士给我们打电话问您的新地址和联系电话，嗯，就在十分钟之前。”

有介的手不由得颤抖起来。他啪地挂断电话，继续按键。

“你给谁打电话？”翔子问他。

“给我家！那个女人，可能到我家去了！她已经知道我的新地址了。”

“她怎么会知道？”

“好像是逼着现在的住户问的，我们太小看她了。”

电话通了，话筒里响起小夜子的声音：“喂……”

“是我。”

“有介……你在哪里？”

“在东京都呢，先别管这些，你马上离开家！赶快收拾收拾，回娘家去！”

“喂……等一下，这么突然，到底是怎么回事？”

“我没时间跟你解释，反正待在家里太危险，你先回娘家，我马上去接你。”

小夜子的态度倏地坚决起来。“不，你不告诉我是怎么回事，我就一直待在这里。”

“现在没时间解释，求你啦，赶快离开家！”

“那你马上来接我。只要和你在一起，去哪里都可以。”

“那可不行，喂、喂……”

小夜子挂断了电话。有介面露难色，把话筒放了回去。

“你妻子好像不听你的啊。”翔子冷冷地说道。

“她已经察觉我最近很奇怪了。”有介说着站起来，“没时间商量了，我得回家。”

“等等。”翔子拿出一张便笺和圆珠笔，“就等十分钟。”

“等不了了！我马上回去可能都来不及。”

有介觉得小夜子不会被杀，但仍然坐立不安。

“那，五分钟，就等五分钟！”翔子皱着眉头略一思索，在便笺上写了起来。

“你在写什么？”

“这个。”翔子递过便笺。

有介看了一眼，不由得大声吼道：“你到底要干什么？”

“我想不出更合适的地方了。你带小夜子离开家时，把这个贴在门上或放在什么地方，只要能让那个女人看到就行。”

“你让我们把她引到这里？”

“对。有介，你把小夜子送回娘家后，会来找我，对吧？”

“……哦，明白了。”

有介把便笺放进上衣口袋，正要朝门口走去，翔子一把抓住他的胳膊。

“有介，你一定要来！”她认真地看着他，“我一个人一定会被她杀掉。”

“我不会背叛你的。”

“说好了！”

翔子双手缠住有介的脖子，吻住有介的嘴唇，那是她体会过无数次的感触。

“我得走了。”有介移开嘴唇，迅速向门外走去。

有介走出酒店，坐进出租车时，刚好晚上九点。他不停盘算着，按房产公司的说法，那个女人现在应该正赶往三鹰。从吉祥寺到他现在的家约有四公里，以那个女人的体力，三十多分钟就能到。可她毕竟是外国人，只凭一个地址恐怕不会轻易找到，至少要花费三十分钟，不，一个小时在找路上。

有介得出结论，十点前离家就来得及。

九点三十八分，出租车在公寓门前停下。有介小心翼翼观察四周后才下了车，他预感那个女人会从黑暗中发起突袭。进了公寓，他没坐电梯，沿楼梯上了楼。

一推开门，有介便呼唤起小夜子。她从里间走了出来。看到她平安无事，有介悬着的心才放了下来。

“有介，到底怎么回事？”小夜子脸色苍白地看着他。

“以后再解释，现在我们赶紧收拾行李。”

“你至少要告诉我，为什么要逃跑？到底要躲什么？”

“小夜子，”有介盯着妻子的脸，慢慢摇摇头，“你现在什么都不要问，求你了，就照我说的去做。这事关我们的性命，我们俩和你肚子里的孩子！”

“性命？”小夜子倒吸一口气，双手捧着腹部，垂下视线，做了个深呼吸以平复情绪。“我要在娘家待几天？”

“两天吧，最多三天。”

“哦……那就不用带那么多行李了。”她说着朝里间走去。

有介进了自己的房间，换上一身轻便的衣服，把白天买的刀放进夹克内袋。他环视屋子，想看看还有什么可以当武器，目光却停留在紧贴墙壁摆放的奖杯和奖状上。

他听见自己对自己说：正因为太想得到这些东西，才落到这步田地。看看吧，它们有什么用，不过是一堆破烂！

他关掉灯，走了出去。

小夜子正在卧室麻利地收拾行李。

“一个包能装下吗？”

“嗯，差不多，现在还热，用不着带太多衣服。”

“不用带我的。”

小夜子的手停了一下。“内衣还是要带几件的。”她说着又装了起来。

有介看看表，已十点十分了。

那个女人到了哪里？也许她马上就会破门而入！他感到有些魂不守舍。

不等小夜子拉好包的拉链，有介就一把抓起她的胳膊。“好了，走吧，快点！”

“等等，我忘带织毛衣的东西了。”

“回头再买。”有介提着包，拉着妻子的胳膊向大门走去。他先让妻子站到门外，接着把翔子给他的便笺放到鞋柜上，然后走出房门。“快点吧。”

“别忘锁门。”

“好了好了！”有介一个劲推着妻子往前走。

30

她感觉要找的建筑近在眼前，可就是找不到，这让她有些不耐烦。

她觉得总在一个地方转来转去，但仔细辨别，周围的景致还是有些不同。她甚至想或许那个三枝子骗了她，写的是假地址。

但不久她便不再怀疑。那栋楼出现在面前。她已从楼前经过多次，但写着楼名的牌子处于死角，没有注意到。

她从正门走进去。这里和佐仓翔子的住处不同，没有安装难以应付的门禁。

她站在楼梯前，确认了纸条上的房间号——三二四号，朝三楼走去。

走廊里很安静。她看着门牌号一路走过去，在三二四室门前停下。

她按了一下门铃，把耳朵贴在门上。房间里似乎没人。

她又按了一下，还是没有动静。日浦还没回来。

她思考着如何才能进入房间。早上在吉祥寺，因为是一楼，可以绕到后面破窗而入，可这次要爬到三楼，只能等到夜深人静时行动，才不会引起别人注意。她试着拉拉门把手，门竟然开了。以前听说日本人严锁门户的概念比较淡薄，可门这么轻易便打开了，还是让她很吃惊。

她毫不犹豫地溜进屋子。里面漆黑一片，只有大门口亮着灯。

她决定藏进最靠近大门的那个房间，但鞋柜上的一张纸条引起了她的注意。她拿起来看了一眼，

AM1：00，□□市□□町□□□□，S.S.

她只能看懂这些，但已经足够。凌晨一点，日浦会在这个地方与一个叫 S.S. 的人见面。她相信 S.S. 一定是 SYOKO SAKURA，佐仓翔子。如果不是共患难的朋友，不会约在这么晚见面。

她蹲在地上摊开地图。虽然看不懂那些字，但她还是尝试凭字形找到纸条上的地址。

不到一个小时，她终于找到了那个地址。那里叫狛江市，在南方约八公里处，旁边有一条小河。

她卷起纸条放进口袋，看到鞋柜旁边放着一双轮滑鞋，便脱下旅游鞋换上试了试。稍有点紧，倒没什么不舒服。她穿着轮滑鞋出门下楼，所幸没人看见。

少女出了那栋楼，向南快速滑行。

31

“你听说过加斯佩半岛吗？”

有介开着帕杰罗进入川崎市后，终于开口说话了。此前他始终一言不发只顾开车。

“加斯佩？没听说过。”坐在副驾驶座的小夜子摇摇头。她上车后一直在等丈夫开口，没有发问。

“加斯佩的意思是大地的尽头，是加拿大魁北克省最东端的一个半岛。”

“你去过那里吗？”

“去过几次。”

“是个好地方吗？”

“嗯，非常好。北边是圣劳伦斯河，法语叫圣罗兰河，那条河又大又宽，就像海一样，波浪拍打在河岸上，会让我想起日本海。那条河流向大西洋。沿河有条路，路对面就是山崖，上面的岩石好像随时都会掉下来，路边还有许多滚落下来的石头。”

“那里有人住吗？”

“当然有啦。沿着山崖和大河中间的路一直往前走，每隔几十公里就会有一个小村庄，住的都是从法国布列塔尼来的移民，他们过的仍然是传统的生活。那里的房屋就像糖果一样，五颜六色，非常可爱。”

“真想去看看。”

“我一定带你去。”如果能活到那时——有介咽下了后半句。

“半岛最南端有个小镇，名叫皮尔斯，是观光胜地，其实就是一条路，两边都是汽车旅馆、餐厅和土特产商店。最有名的是皮尔斯山岩，其实也没什么，就是一些中间有洞的岩石突出在海面上。游客最大的乐趣就是退潮时在岩石上走来走去。”

“你也走过吗？”

“休息的时候去过。”

“休息的时候？”

“就是没有训练和实验的时候啊。”

“实验？”

有介加大了油门。小夜子的娘家在横滨。

“那里的村镇都在海岸沿线，内陆是成片的森林，森林里也不是没人住。有两条路横穿整个半岛，路边有一些小村庄，但数量不多。那些村子就像童话世界，车站盖得像博物馆一样。其实森林深处有一个地方，那里住着很多人。”有介一直望着前方，欲言又止，“我是在大四那年夏天到那里的。我曾经充满自信，认为日本跨栏界没人能超过我，可后来发现自己的实力根本没法和世界高手相比，所以特别着急。就在那时，我接受了仙堂之则的建议，他劝我借助药物的力量。”

“药物？你的意思是……”

“兴奋剂。”有介故意轻描淡写地说道。

那时，世界大学生运动会刚结束，仙堂找到有介，说：“我想帮你，让你能和世界高手一争高下。”有介马上就明白了他的意思，他对仙堂早有耳闻。可他没有断然拒绝。在大学生运动会上，他看到了自己和外国选手之间的差距，而且隐隐感到，外国选手的强大实力与服用兴奋剂有关。如果自己采取同样手段，一定不会输给他们。

“如果感兴趣，可以联系我。”仙堂给了有介一张名片，上面写着加拿大魁北克省的住址。分手前，他坚定地说：“我一定会让你变强。”

两个月后，有介在全国比赛中惨败，表面上看是不在状态，可实际上正如传言所说，他的运动能力已达极限。有介给仙堂写了一封信。正是那封信，让他迈出陷入无底泥潭的第一步。

仙堂在回信中说，可以帮有介安排住处，希望他能到加拿大待一个月。有介左思右想，没跟其他人商量，只身去了加拿大。走的时候，他向学校田径队递交了休假申请。

在多伦多机场，开车来接他的是两个陌生男人。让他惊讶的是，车上已经坐了五个年轻人，都像是经过专业训练的运动员。有介想，他们或许和自己一样，单凭自己的力量和以往的训练无法成为一流选手。

汽车摇摇晃晃开了很久，那两个男人交替驾驶，除了吃饭和上厕所几乎没有停下。开了将近两天，他们才到达目的地。那是一栋位于森林深处的庞大的白色建筑。

看到有介，仙堂显得非常高兴。“欢迎你来到这里。放心，我保证你会不虚此行。”

同车来的其他人被带到别的地方。有介问仙堂，那些人要在这里做什么。

“他们和你不一样，今后要在这里生活。他们会经过严格测试，然后进行训练，直到锻炼出超人一样的身体。”

“那需要多久？”

“这个嘛，就看每个人的情况了。只要达到预期目标，就能结束训练离开这里。有人需要几个月，不理想的可能要待上几年。”仙堂笑了一下接着说道，“并不是说时间越长越好，而且那样效率也低。重要的是本人的意愿，我也希望能够向你证明这一点。”

“我？”

“我们首先会检测你的实力，在此基础上制订计划，让你训练。接着会再次检测你的实力，对计划进行微调。如此反复，最终制订出一份完善的训练计划。然后，我们会教你掌握这套计划，这就是今后一个月的安排。”

“您说的训练计划是什么？”

“当然是使用兴奋剂的计划喽。”仙堂毫不掩饰地说道。

其实，训练计划的真正目的就是改造人体机能。有介回到日本以后，也可以按照计划自行训练，然后每个月向仙堂汇报一次，仙堂据此调整计划。针对不同情况为每个人建立训练体系——这就是仙堂的研究课题。

“一个月的训练并不轻松，可为了增强实力，我咬牙忍了过来。现在想起来，真是做了件傻事，可当时我是认真的。”

“我能理解。”小夜子轻声说道。

“后来，我回了日本。那时才知道，在仙堂指导下训练的除了我还有四个人。为了拿仙堂寄来的药，我们定期见面。那种药会通过特殊途径先寄到我们其中一人手里。”

那个人就是小笠原彰。他和仙堂接触时间最长，成效也非常显著。因为有介等人要找小笠原取药和处方，五个人熟悉起来，相互开始交往。有介和同样从事田径的丹羽润也关系尤其密切，两人经常交换信息。

“实验效果非常明显，每个人都在自己的项目上取得了好成绩。以前在国内都很难获得好名次的人，在世界大赛中也争得了一席之地。而且谁都没在兴奋剂检测中出问题，这证明仙堂的研究的确了不起。我们都高兴极了，甚至到了忘乎所以的地步。”

可是，终于有一天，他们意识到了事情的危险性，兴奋剂的副作用开始显现。最先感到不适的是小笠原彰，他把情况告诉有介等人，劝他们不要再碰那种可怕的药。

那时适逢全球体育界掀起一股揭露兴奋剂丑闻的热潮。有介等人决定同时退出体坛。一旦不再服药，他们就会在比赛中暴露真正的实力，这是非常可怕的事情。更何况，该得到的他们已全都得到。

他们决定不再和仙堂联系。不久，有介听说加斯佩的研究所关闭了。他松了口气，觉得一切都过去了。

可意外却发生了。小笠原的自杀和遗书引起了日本体育协会和 JOC 的注意，那些令人不齿的往事面临被大白于天下的危险。

惊慌失措的四个人聚在一起商量对策。一旦人们从仙堂那里发现他们的资料，过去的荣誉将付诸东流，现在的社会地位多半也岌岌可危。

最后他们决定潜入仙堂家里，把资料偷出来。他们虽不情愿，但别无良策。

于是发生了那天晚上的事。然而他们没有做好充分准备，先是被仙堂发现，接着又失手杀了他，因为没找到资料，就放火烧了别墅——事态发展完全出乎意料。

他们万万没有想到，别墅里还隐藏着那样一个女人。那个女人为给仙堂报仇，竟不惜搭上性命追杀他们。

“我已得到确切消息，那个女人正在去咱们家的路上，所以才让你赶快离开。她为了达到目的什么都干得出来。”

小夜子沉默不语。自己信赖的丈夫得到的荣誉竟然来自不正当手段，而且虽未直接动手，但他毕竟和仙堂的死有关——这些事情对她的打击实在太大了。

“我本想一直瞒着你，”有介接着说，“可既然到了这个地步，不说清楚就没法跟你交代。我也不想再隐瞒了。”

车里一阵沉默，小夜子似乎一直在思考。有介说出了一切，顿觉轻松许多。

“无论是谁……”小夜子终于开口了，“无论是谁都会有过去，过去的记忆不一定都是好的。”

有介接着说：“我不希望我的过去连累你，今后也一样。等这件事有了结果，我们就去办离婚手续。”

“离婚……我可没那么想过。”小夜子斩钉截铁地说道，“有介，去自首吧。既然卷入杀人案，恐怕逃不开罪责，但毕竟不是你干的，应该不会是重罪。无论到什么时候，我都等你。”

小夜子的每句话都震撼着有介的心。如果她真的能等自己，就算去自首，为自己的所作所为付出代价也值得。

可有介又觉得，若成为一个有前科的人的妻子，虽然道德上没有问题，但小夜子会因此受很多苦，而且无论对她还是她肚子里的孩子都不公平。

“有介，你就听我的吧。”小夜子催促道。

“知道了，我听你的。”有介想，至少先安慰一下妻子。

“真的？你真的会自首吗？”

“嗯，不过明天才能去。”

“明天？为什么？”

“在去之前，我有件事情要处理。这次的事情不只和我一人有关。”

“你是说要和别人商量？”

“是啊。和这件事有关的还有一个人。”

有介没有说出那个人的名字——佐仓翔子。

“是什么人？”

“这可不能说。”

为了不让小夜子追问下去，有介故意摆出一副严肃的表情。他没有再看小夜子，只是默默开车。

到了横滨小夜子的娘家，有介帮她放下行李。

他边朝车子走去边说：“明天我再和你联系。”

小夜子从后面一把抓住他的手。“你要去哪里？”

“不是说了吗？我要去找那个朋友，我们约好了。”

“你也会劝那个人自首，对吧？”小夜子的目光充满恳求。

有介微笑着点点头。“是的，我打算劝劝他。”

“你一谈完就马上来接我。我不睡，一直等着你。”

“那可不行，身体会受不了的。别担心，我明天就来接你。”

“真的？”

“真的。好了，快进去吧，外面有点冷。”

小夜子还是站在原地，有介放开她的手，钻进车里。

“有介，”小夜子隔着车窗说道，“你一定要来接我。”

“你要相信我。”有介说完便发动汽车缓缓离去。他从后视镜中看到小夜子脸上充满不安。

看着镜中的妻子，他对自己说道：“下次来就会拿着离婚申请书了。”

32

零点刚过，成城警察局调查总部接到报警——一个住在吉祥寺的女人遭到连环杀人案的凶手袭击。受害者的手脚被紧紧捆住，嘴也被堵上了。为了求助，她不断用后背撞击墙壁，可邻居很晚才回来，所以直到现在才报案。

留下参加共同调查的紫藤已在作为临时住处的柔道场睡下，听根岸告知此事后，顿时爬了起来。

“受害者名叫铃木三枝子，二十六岁，公司职员，住在南町绿丘公寓的一居室。根据她的证言，潜入她房间的就是那个杀人凶手。”小寺警部胸有成竹地介绍案情，说得很快，“凶手本来要找以前住在那里的日浦有介。她是快九点时离开那里的，可能已经去找日浦了。”

“我们也马上出发吧。”根岸说道。

“已经派出四个人，和三鹰警方也取得了联系，请他们派人埋伏。我想，在那之前，附近派出所也有警察去查看情况了。”

警部话音未落，桌上的电话便响了。他迅速拿起话筒：“喂，是我……什么？到哪里去了？哦……哦，好，明白了。你们就在那里待命。”小寺警部挂断电话，表情严峻地看着大家。“她从日浦家逃掉了，连大门都没锁。”

一位成城警察局的警员问道：“凶手又得手了？”

“不，根据以前的情况，现场应该发现尸体。但房间里没有打斗的痕迹，日浦的车也不见了。”

“也许跑掉了。”紫藤说道，“安生和丹羽被杀一定让他感觉到了危险，不过大门没有上锁，这有点让人想不通。”

根岸应声道：“也许是慌忙之中忘记了。”

紫藤点点头说道：“有这种可能。”

正说着，电话铃又响了。小寺再次接起，没说几句就挂断了。“看来日浦的确逃跑了。”

“有什么证据吗？”紫藤问道。

“他们找到管理吉祥寺那栋公寓的房产公司职员，证实了铃木三枝子的证言。她八点半左右曾打电话询问以前住户的情况，可后来日浦又给他们打了电话，询问现在住户的情况。”

在场的警察纷纷议论起来。根岸问道：“他为什么要问那些？”

“或许日浦也想到凶手会去那里。如果凶手不知道他搬家，肯定会到他以前住的地方。日浦正是为了了解凶手的行踪才想跟现在的住户联系。可房产公司告诉他，已经有人问过他的新地址，因此他立刻想到凶手已经找上门来。”

“原来如此，所以他才逃跑。”根岸朝桌子上打了一拳，“匆忙中甚至忘了锁门。”

“从时间上看，估计凶手已经去过日浦家，但没找到日浦，不知又去了哪里。”

小寺警部苦着脸点点头，表示同意紫藤的分析。“也许是那样，总之今晚要密切注意事态发展。”

警部说完，命令三个刑警和当地的刑警一起监视，并在周围取证调查。

“听说，在吉祥寺的公寓，凶手一直藏在屋里等房主回来。”成城警察局的一个刑警说，“如果凶手去过日浦家，为什么没藏在屋里等日浦回来？”

“有道理。”小寺歪着头说，“究竟是什么原因呢？”

“也许她看出日浦逃跑了，”紫藤说道，“屋里可能留下了逃跑的痕迹。”

“嗯，也许是这样。不管怎样，我们必须先查明日浦的行踪。”

小寺警部朝一个部下看了一眼，说：“听说你们今天晚上去日浦家了？”

“是。听说当运动员时他和丹羽关系密切，我们想问问他丹羽是否服用过兴奋剂。真没想到，他竟然和丹羽是一丘之貉……非常抱歉。”中年刑警懊悔地低下了头。

“在体育界，和丹羽有关的人恐怕有上百个，我们不可能全部调查，别在意。你们去找日浦时，他状态怎么样？有没有异常兴奋？”

“他当时非常严肃，我们以为是丹羽润也被杀的缘故。”

“他妻子呢？有没有意识到丈夫有生命危险？”

“她看我们去了，显得很不安，但完全没有要逃跑的迹象，而且她还正怀着孕。”

“怀孕了？”小寺警部向拳头中吹了口气，指着根岸说道，“你去调查日浦妻子娘家的地址。啊，还有日浦父母家。”

“明白。”

“现在也只有加强巡逻，还有通缉日浦的车了。浑蛋，我们太被动了。”说到这里，小寺啪地打了一下响指。

33

零点四十八分。

有介在多摩川边停下，走下汽车，沿着昏暗的道路走了一会儿，从一个被铁丝网包围的公园侧面穿出。

这里就是翔子和他约好的地方。

他进了公园，沿小路前行。

公园不大，小巧的池塘和喷泉四周铺着草坪，草坪外围是一个花坛。

已是深夜，喷泉没有开。有介在池塘边坐下观察，四下人影全无。对于年轻男女来说，这里过于开阔，时间也太晚了。

他听到外面响起汽车引擎的声音，越来越近，继而消失。他循声望去。

一个人影朝他走来。他把手伸进夹克口袋，握住刀，躲到旁边的长椅后面。

确认人影很小，他才长吁一口气站出来。对方好像也吓了一跳，屏住了呼吸。

“……不要吓我。你是不是以为她来了？”翔子按着胸口说道。

“你开车来的？”

“嗯，她既然去找你了，就说明我那里是安全的，我就回去把车开来了。”

“哦，是这样啊。”

有介看了一眼翔子的手。她握着一根金属球棒。

翔子似乎察觉到有介的视线，便解释道：“做节目时打过一次棒球比赛，这是人家训练时给我的。”

“哦。”有介忽觉有些悲哀，难道他们就用这样不值一提的东西去和那女人决斗？

“其实，我有些话想跟你说，到你的车里吧。”

“现在吗？”

“是的，”有介答道，“我想在那女人来之前说。”

翔子想了一下点点头：“好，我想她还没到呢。”

有介跟着翔子走了一会儿，便看见一辆红色汽车停在公园侧面，是辆只能坐两个人的跑车。

“我有个建议。”坐进车子，有介对翔子说，“我们应该停手，把一切告诉警察。”

翔子皱起眉头。“为什么忽然说这种话？”

“这是为了我们好，无论如何我都无法想象要杀人。就算把她杀了，也瞒不过警察，那时我们只能罪加一等。”

“我说过很多遍了，如果让警察知道了，我们就完了。”

“我们可以重新开始。”

“重新开始？”翔子连连摇头，“你根本就不明白。这个国家不会给你重新开始的机会。特别是做我这一行的，一旦消失就会被忘记，然后就什么都没了。”说完，翔子直勾勾地盯着有介的眼睛，“你也一样，会失去一切。你愿意那样吗？你妻子怎么办？”

“我打算和她……”有介长长吐了口气，“和她分手。”

“啊……”翔子目不转睛地盯着有介，慢慢摇头说，“真是个善良的人，你和以前一样，一点也没变。”

有介一时不知该如何回答。

那时，他们还是运动员，或者可以说正是他们依靠兴奋剂屡创佳绩的时候。亲密的朋友关系不知从何时起变成了男女之情。他那时相信他们在恋爱，甚至很认真地考虑结婚。

然而，那并非真正的恋爱，只是共同犯错的连带意识使两人产生的错觉。在他们停止服用兴奋剂、退出体坛的同时，关系也迅速冷却下来。

“那个女人已经去了吉祥寺，警察早晚会来找我，不可能瞒过去。”

“那你自己去找警察吧。我不会去，我要和她一决胜负。”

翔子将目光从有介身上移开，看着前方。她早就看透了有介。她这样一说，有介绝不会弃她不顾。其实，有介也很清楚翔子的目的，但他确实无法把她丢下不管。

“别胡说了，这样会把命丢了！”

“要是进监狱，还不如死了呢。”

“翔子，开车吧，我们一起去。”

“你别管我！”

翔子瞪了有介一眼，有介也一动不动地盯着她，时间就这样一秒一秒过去。

忽然，不知从哪里响起了沙沙声，听起来非常耳熟，两人不由得循声望去。

“那是……”有介欲言又止。

“是轮滑鞋的声音！”

翔子把身子探向前挡风玻璃，睁大眼睛向外看。有介不由得咬紧牙关。他忽然想起，前不久他还滑过轮滑。那双新轮滑鞋一直放在公寓鞋柜旁边。

几十米外出现了一个庞大的黑影。黑影实在太大了，他们愣了好一会儿才看出那是个人。

“是她！”

“快跑！”有介厉声喝道。

翔子发动引擎。几乎就在同时，穿着轮滑鞋的庞然大物停了下来，朝他们窥探。

“我们从她旁边冲过去！”有介大喊。

握着方向盘的翔子却慢慢摇了摇头。“不，我不跑。”

她挂上挡，让发动机空转着。

“翔子！住手！”

“抓稳了！”翔子话音刚落便发动车子，有介的后背猛地贴紧座椅。他看到庞然大物迎面而来。

34

看到红色跑车拼命撞来，少女便知道一定是他们——日浦有介和佐仓翔子。他们没有逃跑，而是想把她撞死。

车前灯的光几乎照到眼前时，她向左一闪。跑车从她身边开过，随即打着滑掉转车头，再次向她撞来。

她弓起身子，决定伺机行动，不再躲闪。如果在他们面前逃掉，就不可能再击败他们。

红色跑车又一次逼近，她屈膝屏住呼吸。在车离她仅有两三米时，她忽然一跃而起，眨眼间站上前挡风玻璃。车里的人不及反应，她又已跳到车顶。但滑到后窗时，她骤然失去平衡。

她没有跌落，而是抓住汽车尾翼，稳稳落地。车继续前行，她被拖着向前滑动，就像滑水一样。

她掏出手枪。透过后车窗，她能看到两个人影。她左手抓着尾翼，右手端起枪。

“趴下！她有枪！”借着尾灯的光，有介看到这一幕，不禁大声呼喊。

可翔子双眼通红，只顾看着前方。她死死踩住油门，拼命左右摇摆方向盘，竭力想把那少女甩掉。

“低头！”

有介伸手去按翔子的头，忽听她喊道：“坐稳！”有介猛地伸直双腿。刹那间，翔子狠狠踩下刹车，车胎发出刺耳的声音。有介感到整个身体几乎要被抛向前方，安全带紧紧勒住肩膀。

这时，车后方发出一阵声响，抓着尾翼的少女似乎也失去了平衡。

没等车停稳，翔子已挂上倒车挡，扭曲着红红的嘴唇喃喃道：“撞死她！”她抬起离合器，踩下油门，身体因用力过猛而离开了座位。车急速向后倒去。

有介连忙弓起身来防备撞击。翔子似乎想开车撞向什么地方，对那少女形成夹击之势。

随着一声巨响，跑车撞上了什么，有介被撞击的反作用力狠狠压在座位上，一瞬间无法呼吸。

他转过身，战战兢兢地张望，只见车尾撞上了铁丝网，那少女却不见踪影。

她不见了——有介正要说出这句话，头顶忽地传来巨大的声响。他吃惊地向前看去，轮滑鞋正从前挡风玻璃滑过！

少女从车上跳下，借着惯性向前滑行了十几米，忽然转身迅速朝他们冲来。

车熄火了。翔子匆忙转动车钥匙，但还没等重新发动，那少女已来到车左侧。她想打开车门，却发现上了锁，于是隔着车窗朝他们举起手枪。

一瞬间，有介第一次近距离看清了这个要致他们于死地的少女。她的身体非常匀称，不愧是仙堂之则的杰作，面孔却又如此美丽，甚至让人感到一丝稚气，和高大的身材极不相称，果然是人工造物的结果。

“翔子，快跑！”稍一思索，有介出声喊道。他解开车门锁，将车门狠狠撞向少女，同时跳出车外。少女吃了一惊，向后跳去。

正在这时，跑车发动了。少女犹豫了一下，不知应该先扑向有介还是去追跑车。她立刻就做出决定——先解决车里的人。就在车即将发动时，她一把抓住半开的车门。

跑车发出轰轰的声音开动起来。她抓住车，跟着向前滑行。

枪里只剩一发子弹，面前却有两个对手，这极大地限制了她的行动。她完全没有信心开枪,如果要出手,就必须保证射中对手。她正紧紧攀着行驶中的汽车，想隔着车窗击中对手的要害是不可能的。

她相信开车的人就是佐仓翔子。翔子拼命把车开得左右摇晃，想把她甩出去。少女双腿用力蹬地，紧跟车子的速度，同时打开车门，一边保持身体平衡，一边强行将右半身探向车里。

佐仓不由得惊叫起来，一手扶着方向盘，转身想拿后座上的金属球棒，可车里实在太过狭小，球棒根本没有用武之地。

佐仓猛踩刹车，半个身子已钻进车里的少女由于惯性被抛向前方，狠狠撞上前挡风玻璃和车身，又倒在车门外。

但她很快便扶着车门站起来，紧紧盯着她的猎物。佐仓冲出汽车，向河堤方向跑去。

少女滑着轮滑追过去。中间有几段台阶，她轻松地一跃而上，脚下咔嗒作响。

佐仓沿河堤跑了一会儿，来到河滩上。那里杂草丛生，随处滚落着大石头，还有一些地方种着松树。

然而，那少女仍穿着轮滑鞋不管不顾地追了上来。佐仓扭头看到她，不由得大惊失色。

“别过来！”佐仓边喊边继续向河面跑去。越靠近河边，小石子便越多，就像砂石路一样。少女跑到那里，迅速脱下轮滑鞋，光着脚继续追赶。

佐仓跑到一块巨石前，向上攀爬。周围布满了那样的石头。

少女跳上一块石头，迈开大步轻松地在石头间跳跃，来到佐仓前面。前路被挡，佐仓只好向河面跑去，很快就跑到河边。她转过头哀求道：“求求你，放过我吧，不要杀我！”

可少女根本无动于衷。从仙堂被杀的那一刻开始，她就一心只想着报仇。

她慢慢掏出手枪，手指扣住扳机。

有介正在跑车周围漫无目的地徘徊，忽听远处传来声音——是枪响！

他无法确定方向，但直觉告诉他，枪声来自河边。

他跨过河堤，下到河滩。那里一片昏暗，茂密的杂草被风吹得左右摇摆，很难看清有没有人。他弓起身子，小心翼翼往前走。

过了一会儿，有介适应了周围的黑暗，逐渐看清了地面。很快，他便发现了几条新的痕迹。

他立刻意识到，那是轮滑鞋留下的。

他沿着痕迹追上去。河滩上的砂石逐渐多起来，轮滑鞋被扔在那里。

有介环视四周，继续往前走。面前是几块石头，他怎么也不会想到翔子为了躲避那少女，竟然会爬上这些石头。翔子以前是体操运动员，动作十分敏捷，却无论如何也敌不过那个身躯庞大的少女，最后必然会被轻易追上。翔子本应意识到这一点。

有介刚想转身往回走，忽听附近有什么东西发出声响。他屏住呼吸，全身绷紧。这时，一个黑影从石头后面走了出来。

“是我。”

那个影子开口说话了。

是翔子！

35

凌晨一点刚过，紫藤和警视厅的根岸来到日浦小夜子的娘家——山下家。

“他真的没说去了哪里？”满眼血丝的根岸站在山下家的大门口问小夜子。

她浑身颤抖着点点头。“只说去朋友那里。”

她的声音也瑟瑟发抖。

不用紫藤他们说明，她已对事情的大致经过有了一定了解，看来她丈夫已经把一切都告诉她了。

“你没问他那个朋友叫什么吗？”紫藤问道。

她摇头道：“我问了，有介没说。但他说是一个人，还剩一个人。”

“还剩一个？除了他还有另一个人？”根岸歇斯底里般揪起头发。

“您对那个人有什么了解吗？请仔细想想，有没有值得注意的细节？”

可小夜子除了摇头什么都做不了，她已没有精力回忆细节了。

“小夜子夫人，”紫藤尽量放慢说话速度，以便让她平静下来，“今晚你们从公寓出来时，好像没锁门，您还记得吗？”

这件事情一直让紫藤感到不可思议。

“记得，我跟有介说别忘锁门，可他说别管了。”

“别管了？是说不用锁门？”

“是。”

紫藤和根岸对视了一下。有介没有锁门，原来是想引凶手到屋子里，他这么做的目的是什么？

“啊，对了，他那时……”小夜子自言自语道，“好像把一张纸放在鞋柜上了。”

“纸？是便条吗？”

“也许是。”

“上面一定写着他要去的地方。”根岸高声说道，“他想把凶手引到那里！”

紫藤和根岸想的一样。从时间上看，或许日浦他们正在和凶手交锋，说不定总部很快就会接到发现尸体的报告。

“把凶手引出来？那太危险了！”小夜子紧紧环抱双臂，“凶手是不是已经杀了好几个人？是不是非常可怕？报纸上说，凶手又高又大，像怪物一样。”

“确实非常可怕。”紫藤肯定地说，“但你丈夫和他的朋友也许能够对付，他们手里有强大的武器。”

“强大的武器？”小夜子已泪水盈眶，她看着紫藤问道，“什么武器？”

“枪，在山中湖的别墅杀死仙堂之则的那把枪。我们在仙堂的尸体里找到了子弹，但最关键的枪却不在废墟里。”

警方始终在追查那把枪，但在安生拓马和丹羽润也的房间里都没发现，那么枪很可能在日浦有介或另外那个人手中。

“您是说我丈夫他们会向凶手开枪……”

“有这种可能。”紫藤点点头。

紫藤想，凶手的枪里只剩一颗子弹，不知她会向那两人开枪，还是被那两人打中。或许结果已经出来，可他无论如何无法在这位夫人面前说出这样的话。

36

看到翔子，有介如释重负，同时又惊讶不已。他本以为刚才是那女人向翔子开了枪。

“翔子，你没事吧？”他的声音都变了。

翔子显得非常镇定。“嗯，总算没事。”

她的声音太沉稳了，有介又是一惊。

“那个女人呢？”他问。

翔子深深吸了口气，然后盯着有介，慢慢呼了出来，又轻轻闭上眼睛，说道：“死了。”

“死了？是你干的？”有介感到脸颊不停地抽动。

翔子睁开眼睛说：“是的，我把她杀了。”

“怎么杀的？我好像听见了枪声。”

“用这个。”翔子伸出右手。

那里有一个黑色物体——那千真万确是一支手枪！

“这是……从那女人手里夺来的？”有介对枪一无所知，实在不明白翔子究竟是怎么从那个怪物手里夺来的。

翔子嘴唇微动，淡淡一笑。“你不记得这把枪了？这是仙堂之则的。那天晚上他不是拿这把枪威胁我们吗？结果自己却丢了性命。”

“啊……”有介惊讶地张开嘴，“是那把枪！当时不是扔在别墅了吗？”

那个晚上要做的太多了，他根本无暇顾及那把枪。

“开始就扔在尸体旁边，后来我捡回来了。”

“哦，你是什么时候捡的？”

“在别墅里放火的时候。我们洒完灯油跑到外面后，不是只有我拿着打火机进去了吗？”

“啊，是那个时候。”

点火的本应是润也，可翔子主动请缨，说因为自己失手杀了仙堂，才给大家带来麻烦，所以……

“为什么？”有介看着翔子，皱起眉头，“为什么要去拿那把枪？那时我们还不知道那个女人会来报仇。”

“这个嘛，我也不知道，也许是直觉吧。再说，一般人很少有机会带枪。”

“为了防身？”

“唔，算是吧。多亏了它，这次才没事，不过我想以后应该没机会用了。”翔子把枪递给有介，“喏，掂掂看。”

有介接过枪，顿时感到一种冷冷的金属质感，分量比想象中还要重。

“为什么你一直藏着它？”有介盯着泛着黑色亮光的枪身问道，“如果早知道有枪，我们就可以考虑用其他办法对付那个女人。”

“又能有什么不同呢？也许大家只会希望自己拿到枪吧。我们不知道那个女人会找谁报仇，可枪只有一把呀。”翔子反驳道，冷静得叫人难以想象她刚杀过人。

有介不知该如何回答，轻轻叹了口气。也许她说得对。他转而问道：“那女人的尸体呢？”

“掉到河里去了。”翔子说，“她终究也敌不过子弹的威力，中枪后好像很痛苦，后来就掉下去了。我好像打中了她侧腹部，应该没救了。”

“哦。”有介长吁一口气，“那我们现在该怎么办？”

“还有些事要处理。”

“什么？”

“首先是它。”她说着又拿出一把枪，“是那个女人掉进河里前落在地上的，好像只剩下一颗子弹。”

“怎么处理？”

翔子不答，目不转睛盯着手里的枪。

“你怎么啦？”有介又问了一句。

“有介。”翔子抬起脸，望着他。

“什么？”

“对不起。”

话音未落，一股火焰从她手中的枪口喷射出来。

有介还没意识到发生了什么，身体便被一股强大的力量击倒。他想站起来，却像被重物拖住一样，上半身动弹不得，继而全身都僵硬起来。

他望向夜空。

明天若是下雨，去接小夜子时就得带伞。过了许久，他的思绪才清醒过来——自己被打中了。

翔子走到他身旁，蹲了下来。“对不起。”她小声说道，脸上充满悲伤，“可我只能这么做。”

“为什么？”有介感觉意识逐渐混乱起来，他拼命控制自己。

“如果不这样做，警察就会起疑心。他们发现那个女人的尸体后，一定会解剖。只要找到子弹，他们就会知道仙堂和那个女人是被同一个人杀的。那样，警察就会继续调查，直到抓到我为止。到那时，加斯佩的研究所，还有去那里训练过的运动员都会被查出来。那可不行！我不愿意被抓！”

有介觉得腹部很热，热浪向全身蔓延开来，像被烧灼一样。被击中的部位像是腹部或胸口，他并没感到疼痛，只觉得有什么东西重重压在那里，让他喘不过气来。他想，那种感觉很快就会被强烈的疼痛替代，他甚至希望自己能在巨大的疼痛来临前死去。

“所以，你才向我开枪……”

“对，我要让你拿着这把枪。这样，警察就会以为是你和那个女人对射。”

“你从什么时候开始这样计划？”

“什么时候？啊，也许是从知道有那个女人——塔兰图拉存在的时候吧。为了保护自己，我只有这样做。杀掉那个女人，然后让你们其中一人去顶罪，而且最好是在那女人杀掉两个人以后再执行这个计划。果然，一切都很顺利。”

“为什么？”

“只有那样，知道我的过去的人才会全部从世界上消失。我一直在想，怎么才能更好地利用那个塔兰图拉。”翔子若无其事地回答。

“拓马和润也接连被杀，对你来说是交了好运？”

“可以这么说。”翔子坦然承认，“不过也不是单凭运气。那两人本来不用丢掉性命的。”

“什么……”有介睁大眼睛。忽然，一股剧痛像电流一般，从头到脚向他袭来。

“先是安生，他和塔兰图拉打斗时，我也在那个健身俱乐部里。”

“你说什么？”

“那天晚上，安生给我打电话，问我有没有找过他。因为有个可疑女人给他家打过电话，问他在哪里。我当即意识到一定是那个女人找来了，就立刻去了健身俱乐部。在停车场，我看到一个警卫倒在地上，就知道预感没错。我到训练场时，他们正在交手。”

翔子的语调越来越快，她兴奋起来，甚至有些忘乎所以。

“安生真是很厉害，他从那女人手里把枪夺了过来。虽然那女人藏在暗处，可形势绝对对安生有利。我当时不知如何是好，到底该让谁死呢？最后，我还是决定让安生死。警卫已经看到那个女人，就算安生把尸体藏得再好，也免不了要被警察盘问。再说，他也知道我的过去。于是我在暗处紧紧盯着他们，想找机会下手。我看见一根哑铃杆掉在地上，安生刚用它做武器与那女人搏斗过。我想安生一定会去开灯，就捡起它，跑到门口藏了起来。果然，他不久便向我跑来，但根本没发现我。他要开灯时，我便用横杆砸向他。他好像感觉到了，好在我动作比他快。看见他倒在地上，我就跑出去了，后来就听到了枪声。”

有介看着翔子，这一切令他难以置信，他觉得那张脸越来越模糊了。

“丹羽那件事，也是我想出来的。”

“字……条……”

“没错。听他说要躲到八王子时，我真急坏了。他一走，那女人就会先找我，不过我运气好，后来偶然逃过一劫。于是我想，不如通过努力把好运进行到底，便去丹羽家贴了字条。结果你也知道。”

“那我……也……”

“是的。”翔子似乎知道有介要说什么，接着说道，“你的结局也是我设计好的。当然，也可以是你先被那个女人杀掉，然后我再杀她。那样你可能更容易接受，我也不至于日后回忆起来不舒服。可那个女人竟然想先杀我。我没办法，只好这样做。”

翔子的表情不知何时变得异常兴奋，就像成功导演了一场恶作剧，沉浸在快乐之中。有介终于明白，翔子已经疯了。

“刚才我跟你说，是凭直觉捡走了仙堂的手枪，其实不是那样。我很早以前就希望知道我过去的人全部消失。”

“仙堂也是你……”

“没错，虽然开枪很突然，但现在想来，也许我心里早有此打算——一有机会就要把他干掉。”

有介想说“你疯了”，却发不出声音，意识模糊起来。

“有介，你快死了，是吗？”翔子的声音听起来非常遥远，“有介，有介，太可怜了。对不起，对不起，别恨我。”

有介的脑海里出现一片薄薄的灰雾，有个白色的东西在后面跃动。那是翔子做高低杠时的样子，她像精灵一样在两根杠间飞舞。

有介是通过兴奋剂认识翔子的。那时她还是高中生，却比有介见过的任何姑娘都华贵娇艳，魅力十足。有介立刻迷上了她，而她也喜欢上了有介。

其实，在仙堂的实验品中，她算是与众不同的一个。在他们儿人中，她年龄最小，而且是唯一的女性。然而最大的不同在于，到仙堂那里接受训练并非出于她的本意，而是她母亲的希望。

她母亲以前也是体操运动员，没有取得引人注目的成绩便退出了体坛，于是把一切希望都寄托在女儿身上。听说仙堂的事情后，她便找上门，希望仙堂能指导翔子。当然，她应该知道仙堂的本来面目，对女儿会受到怎样的训练也有心理准备。但她迫切地希望翔子能成为一名成功的体操运动员。那时若翔子的父亲还在，一定会反对此事，可她的父亲很早就去世了。

有介不清楚详情，只知道仙堂给翔子使用的好像净是控制精神的药物，有预防失落感的，有忘掉恐惧的，还有使精神持续保持紧张状态的。也许仙堂觉得，要提高她的竞技能力，最快的办法就是改造精神。

后来，翔子战绩显赫，她的母亲也非常满意。有介记得，翔子参加比赛时，她母亲经常到现场助威。她母亲不希望女儿和有介关系亲密，大概是觉得会影响女儿的运动生涯。因此在她面前，有介从不靠近翔子。

“我妈妈的口头禅就是问我吃没吃药。”翔子曾怪怪地说过这样的话。

现在看来，她服用精神控制药物非常频繁。有介想劝她别服用太多，却说不出口。他知道自己没有资格那样说。

翔子退役后不久，她的母亲便去世了。有介拼命回忆她母亲去世的原因，但那段记忆实在太模糊了。她究竟是怎么死的呢？

他又听到一个模糊的声音在耳边响起：“对不起。”

有介心里不断重复：“你疯了！”

但没有办法，全是那些药惹的祸。

37

紫藤的担心终究成了现实。十六日一早，日浦有介的尸体被人发现倒在狛江市多摩川边。他是被枪打死的。

那里是狛江市警察局的管辖范围，但当晚住在成城警察局调查总部的刑警也都赶到现场。

“人在这里被杀，对警察来说真讽刺。这里离我们调查总部太近了。”小寺警部看着被搬走的尸体，苦闷地嘟囔着，脸上写满懊悔。昨晚警方以各主干道为中心向四周张开大网，加强巡查，但一切都白费了。

紫藤有些担心日浦小夜子。她似乎深爱着丈夫，如果得知有介被杀，一定会伤心欲绝。想到这里，紫藤不禁开始同情那个去通知小夜子噩耗的警察。

“凶手的枪里已经没子弹了。”根岸说道。

“是啊。”小寺面无表情地点点头。

凶手竟然用光了所有子弹，这真是警察的耻辱。

根岸看了一眼紫藤，问道：“日浦手里的枪，和杀仙堂之则的是不是同一把？”

“鉴定结果还没出来，我想应该没错，枪的口径也相同。”

“是史密斯韦森牌的吧？”

“对，应该不是日浦他们的，可能是仙堂从国外带回来的。”

不久，另一把枪在距尸体十几米的石头缝里被找到，随即被确认，正是山梨县警吉村巡查被盗的新南部手枪。

警方在离枪几米外的一个石头堆发现了血迹。由于没有发现日浦遭枪击后在附近走动的痕迹，警方断定，那血迹可能是凶手或凶手要杀的最后一个人留下的。

此外，在周围取证时还搜集到了一些情况。昨晚几个附近居民听到公园附近有汽车撞击和行驶的声音，他们以为是飙车族在寻衅滋事，没特别在意。刑警们调查发现，公园的铁丝网被撞出几处很大的凹痕，旁边的道路上还有多条轮胎划痕，明显是新的，很可能和案件有关。另外，他们在不远处找到了有介的帕杰罗。从宽度来看，那些轮胎划痕不是这辆车留下的，刑警们一致认为一定来自于日浦最后的同伴开的车。

有三人证实，当晚他们听到了枪声。这三人包括一名学生和两名职员，都非常年轻，应该不会听错。他们说，当晚听到了两声枪响。

“河边石头堆附近的血迹应该是凶手的，她受了枪伤。”回到成城警察局的调查总部，小寺警部非常肯定地说，“两声枪响说明日浦也朝凶手开了一枪，因为凶手的枪里只有一颗子弹。也许日浦开枪击中了凶手。”

成城警察局的一名刑警问道：“您是说他们俩都朝对方开了枪？”

“不，好像不是。据证人说，两次枪响隔了不到十分钟。先是日浦开枪击中凶手，这是第一声枪响。凶手受了伤，但没死。她向日浦开了枪，这是第二声，而日浦正是被这一枪打死了。我想是这样。”

“那日浦的同伴呢？”

“大概逃走了。”

警方在调查中也得到了关于那个同伴的重要线索。公园铁丝网的凹痕中有一些红色漆片，道路上的轮胎划痕可以确定是一辆跑车留下的，要找到那辆车只是时间问题。

“凶手有没有去追日浦的同伴？”另一名刑警问道。

“有可能。也许她暂时躲了起来，然后伺机报仇。”

“我想凶手很可能就藏在附近，因为她受伤了。”根岸说道。

“一般情况下是那样。但这个凶手不同寻常，恐怕不能用习惯思维去考虑她的行踪。”小寺叹道。

其他人都不约而同地点点头。

“现在最关键的是要找到最后那个人。”

“对。”小寺抱起胳膊。

这时，一名刑警拿着一份鉴定报告走了进来。“警部，鉴定报告出来了，有件事很奇怪。”

“什么？”

“子弹的射入和射出位置。子弹从日浦胸口射入，从胸口正后方穿出。”年轻刑警比画着解释道。

“有什么问题？”

“从子弹的角度来看，射击时枪的位置很低。以凶手的个头，她开枪时应该是半蹲着或跪着。”

“哦……”小寺应了一声便不再开口，似乎陷入沉思。过了一会儿，他说道：“凶手是坐着还是站着开枪，有什么区别吗？”

“可是，”年轻刑警看着鉴定报告说，“报告显示，枪击的距离在一米之内。凶手为什么会蹲在这么近的地方呢？”

“让我看看。”小寺表情严峻地从部下手里夺过报告读了一遍。紫藤觉得他的眼神越发凌厉起来。

不等警部开口，根岸说道：“近距离射击……这有点让人想不通。日浦和前几个被害人不同，他手里有枪。凶手无论如何也不会那么大意地接近他。凶手面对日浦，而且还是在一米之内朝他开枪，这到底是怎么回事？”

“凶手离日浦这么近，日浦却什么也没做，这确实很奇怪，他不会一点也没注意到吧？”年轻刑警说道，“面对杀人犯时，人们通常会拼命开枪，换成我就会那样做。”

“枪里还有子弹吗？”另一名刑警问道。

紫藤回答：“还有十发。日浦拿的那把枪可以装十五发子弹。”

周围一片惊叹。

根岸补充道：“那种连发式手枪与其说追求准度，不如说是用来乱射一气的。那把枪大概是仙堂的，很适合防身。”

“日浦拿着它却只开了一枪，这是怎么回事？”小寺环顾四周，没人回答。

紫藤说：“那就只有一种可能，朝日浦开枪的不是那个女人。”

“什么？”小寺不由瞪大了眼睛，“那会是谁？”

“敌人就在身边，日浦却不开枪，这无论如何都说不通，除非站在日浦身边的不是敌人，而是同伴。”

“怎么可能？”警部摇摇头，“如果真是那样，那个人为什么要暗算日浦？”

“自然是为了误导我们，让调查到此为止。”

“那个大个子女人那时在干什么？”根岸问道。

“她一定不会安静地旁观，也许在日浦被杀时，她已不在现场。看来那第一枪是日浦他们朝她开的。她受了伤，不得不逃跑。”

小寺哼了一声，再次沉默不语。他并非反对紫藤的说法，反而觉得也有这种可能。

“如果朝日浦开枪的不是大个子女人，关于子弹射入和射出位置的疑问便能解释通了。”根岸对小寺说。

小寺看着鉴定报告点点头。“的确。但还是有疑问。”

“您的意思是……”

“根据这份报告，那人如果是在自然站立的状态下开枪，身高应该不会超过一米六。”

“一米六？”根岸睁大眼睛。

众人也骚动起来。

“怎么？这次是不是又太矮了？尤其对于运动员来说。”

“如果是女人呢？”紫藤说完，小寺不由倒吸了一口气。紫藤看着他又说：“并没有证据说那肯定不是女人。”

“女人……是啊。”

正当警部叹气时，一名刑警走了进来，说道：“车已经查清了，是辆九〇年款的三菱 GTO，红色。”

“好。”小寺敲了一下桌子，“查询所有登记车辆，要特别注意年龄和有体育运动经历的人。”

38

刑警们已在有介家搜查了很久，他们试图找到线索，以查明有介最后的同伴到底是谁。

小夜子躲在昏暗的卧室里。屋外偶尔传来警察的说话声，在她听来就像来自另外一个世界。

——那里怎么样？再找找。可恶！一定能找出什么。

她躺在床上，随手拿起一个枕头。当她发觉是有介的枕头时，胸口又像被堵住了一样。自从今天早上警察告诉她有介的死讯后，她已多次有过这样的感觉。

她无法相信那是真的。直到两三天前，她都没有想过，如此残酷的现实会降临在自己身上。她本来一直相信，在自己和有介面前是一条充满光明的路，迎接他们的是美好的未来。

可有介却死了，而且是被杀死的。

昨晚，当有介把真相告诉她时，她就做好了要和他分开一段时间的心理准备。虽然拒绝了他的离婚要求，可当他离开后，她便冷静下来重新思考了一番。这样对即将出生的孩子是否公平？

她甚至还想到他作为自由作家可能面临的未来。

可这一切都要以有介活着为前提。现在他死了，小夜子已无从选择。

敲门声响起，她应了一声。

一名年长的刑警探进头来。“能不能看看这个房间？”

“啊，请吧。”小夜子擦了擦眼泪，下了床。

毕竟是卧室，刑警们似乎有些顾虑，每次都先征得她的同意，才打开抽屉、拉门翻查，但一无所获。

年长的刑警对小夜子说：“您再想想，您丈夫和什么女人有过来往？不一定和体育界有关。”

“没，没有。”小夜子再度说出这句从早上开始便不断重复的话。

“哦。”刑警的语气似乎并不遗憾。对他那个年龄的人而言，妻子对丈夫一无所知是理所当然的。

刑警们将各个房间翻得一塌糊涂，两手空空地离开了。小夜子想收拾一下，可房间里每样东西都像拼图碎片一般，乱作一团。这里的一切原来都是按她的意愿摆放得井然有序。

现在一切都无关紧要了，小夜子想，这里再也不是他们的家了。

她回到卧室，坐在梳妆台前，仔细化好妆，又整理好头发，换上一件连衣裙。那是有介为她买的最后一件衣服，是一件孕妇装，腹部的尺寸可以根据需要调整。她本来还没打算穿，但今天例外。

她走进厨房，从微波炉旁抽出一个笔记本，上面记着菜谱，都是她拿手的，其中一半以上都是有介喜欢吃的。

可她现在不是在找法式鸡肉卷的做法，而是笔记本的最后一页。刑警们搜查时根本没注意到它的存在。

她把那页撕下，走到电话前。纸上写着如下内容：

品川区北品川 ××××

佐仓翔子 03 3××× ××××

小夜子做了两次深呼吸，拿起话筒按下号码。她祈祷有人接电话。如果没有，她不知道自己有没有勇气打第二次。

铃声响了五下后，她有些想放弃了，响过第六下时，她拿着话筒的手渐渐离开了耳边。然而，第七下时，电话忽然接通了。

“喂。”话筒里传来的尾音有些上翘。

没错，那正是佐仓翔子！

“请问是佐仓翔子吗？”

对方沉默了一阵，低声答道：“是。”尾音仍然充满疑问。

“我是日浦有介的妻子。”小夜子说完，对方再次陷入沉默。小夜子知道她一定会很意外，而且会抱有敌意。

“日浦……您是哪一位？”

“请别装糊涂。我知道昨晚我丈夫和你在一起。但我没跟警察说起你，我想找你谈谈。如果你还装糊涂，我现在就和警察联系。”她尽量保持平静，但语气还是表现出了急躁。

佐仓翔子似乎也有些不知所措。“我不知道您在说什么，”翔子慢条斯理地说道，“不过见一面也没关系，是今晚吗？”

“好，就今晚，几点都可以。”

“哦，那九点左右怎么样？”

“明白了。我到哪里找你？”

“既然您知道这个电话，那是不是也知道我的地址？”

“是的。”

“那能请您来我家吗？我家楼下有门禁，您到了以后给我打电话。”

“明白了，那九点见。”

“我等您。”

小夜子觉得佐仓翔子的声音里有种令人不解的轻快。

39

挂掉电话，翔子不由得撇了撇嘴唇。

她没想到那个女人会打来电话，本以为那女人丝毫没有察觉有介和自己的关系。也许是有介不留神说走了嘴，他的缺点就是太过老实笨拙。让她感到幸运的是，小夜子在告诉警察前先想到来找她。如果小夜子已告诉警察，翔子就无处可逃了。

看来只有干掉她了——翔子下定决心。她觉得这样做再自然不过，也找不到任何理由让那女人活下去。

怎么杀呢？她想象着小夜子走进房间后的情景。无法下毒，枪也没了。再说，如果在这里开枪，一定会被邻居听到。

她想象着让小夜子坐在椅子上，趁其不备从背后勒住其脖颈。可她忽然想起曾听说，人被勒死时多数会失禁，便放弃了这个计划。她可不想把房间弄脏。要是这样，用刀恐怕也不好，但据说只要捅进去后不向外拔，就不会出很多血。

想到这里，翔子轻拍了一下手，拉开梳妆台的抽屉。那里放着一把折叠刀，刀刃长约二十厘米。这是她从死去的日浦有介的衣服口袋里找到的。她毕竟爱过这个男人，想拿他的遗物作纪念，可现在才意识到还有更重要的原因。

这是一把刀，一件可用来战斗的武器。虽然有介死了，但那时，她本能地感觉到，战斗还远远没有结束。翔子决心就用这把刀结果小夜子。让那女人死在有介的刀下，也算遂了她的心愿。

她把刀收好，化起妆来。既然是和日浦小夜子见面，自然要比平时花更多心思。翔子猜想，小夜子来这里时一定会刻意浓妆艳抹一番，从而向翔子炫耀自己多么美丽，告诉翔子正因如此有介才选择了她。开什么玩笑！翔子想，她再也无法忍受被那种女人瞧不起——这样备受瞩目的我怎么会被一个庸俗土气的女人蔑视！她绝不容许这种事情发生！

翔子花了一个小时才化完妆，接着又打开所有衣柜门，开始挑选今晚的衣服，选定后又花了好长时间选好配饰。当一切准备妥当时，距约定时间已很近了。她站在镜子前认真检查。她可不想在那个女人面前露出任何瑕疵。

她再次拿出那把刀，弹出刀刃。刀刃上泛着明晃晃的光，像要把她的精神尽数吸走。她想象着将它刺进那女人胸口的感觉，心中没有恐惧，反而感到一阵快感扩散到全身。

忽然，她拿刀的手开始颤抖，无法控制。她撇了撇嘴唇。怎么偏偏赶上这个时候！

她走到洗手池边，拉开置物架最下面的抽屉，拿出一次性注射器和一个折得很小的银色纸包。纸包里有些无色粉末，容量只有一个挖耳勺大小。她拿起旁边的矿泉水瓶，倒出半毫升水把粉末溶化，然后吸进注射器，注入左臂根部。她从不在胳膊上打针，那样留下的针眼容易引起别人注意。

药立刻见效了。翔子打针时故意放慢速度，这样可以更好地感受扩散至全身的快感。她头脑清醒了，神经也敏锐起来。

这种药是为翔子特别调配的。几年前，她开始使用这种药提高竞技能力，而现在她要凭借它开始全新的人生。退役后，她仍与仙堂保持联系，从他那里获取这种特别药物。可后来她意识到应该逐渐摆脱对药物的依赖，因为仙堂已经死了。杀仙堂的那一刻，她就做好了心理准备。药物到底意味着什么？她站在客厅里，边眺望着窗外东京的夜景边思考。的确，药物帮她实现梦想，带来荣誉，引领她走进富丽堂皇的世界。但她也失去了许多。可她一直觉得有失必有得，只要理想能够变成现实，再多的牺牲也是值得的。对于这样的选择，她从未后悔过。

而她的母亲，那个为她作出选择的人，反而陷入深深的懊悔。得知翔子退役后仍然使用药物时，她母亲终于意识到自己做了无法挽回的事，感到极度痛苦，于是在一个雨天撞向卡车自杀身亡，并在翔子的房间里留下遗书，嘱咐她："别再用药了。"

翔子那时觉得妈妈并没做错，为什么要自杀呢？正是因为妈妈，她才成为最优秀的体操运动员。

"我绝不认输！"翔子望着夜色下的东京，暗暗发誓。好不容易才爬到这个位置，她不想毁掉自己。她要继续向上爬，不允许任何人阻碍！

她要除去日浦小夜子，那样一切都会顺利进行下去。

电话响了。

时钟指向八点五十八分。

40

小夜子边走向公寓电梯间边心中暗忖，居然真有人住得起这样的地方。入口就像酒店大堂，宽敞的前厅天花板上吊着水晶灯。小夜子难以想象，这样富丽堂皇的地方竟然也和自己住的地方一样都叫公寓。

虽然佐仓翔子住在这样高贵优越的环境里，但小夜子觉得没必要自卑，因为翔子和有介一样，都背负着沉重的罪孽。

小夜子是在一年前知道有介和翔子曾交往过的，那时她刚结婚，告诉她的是丹羽润也。

“就算是有介，以前也有过女朋友呢。”

那天润也到他们的新家来玩，有介不在身边时，他借着酒劲告诉了小夜子。小夜子巧妙地问出了女方的名字——前体操运动员佐仓翔子。她听到这名字时并不意外，只是在想，运动员果然会相互吸引。

可是当小夜子问起他们相识的过程时，丹羽润也却吞吞吐吐起来，还再三恳求小夜子不要把他的话告诉有介。

小夜子以前也有过恋爱经历，根本没想追问有介的过去。她从没对有介提过翔子，但当翔子出现在电视上时，她偶尔会评价其穿着和妆容，然后暗暗观察有介的反应并乐在其中，就像调剂生活的小小恶作剧。

但当昨天找有介的电话打进来时，小夜子忽然意识到这个名字。电话中的女人自称木村翔子，还留下了联系电话。她立刻想到佐仓翔子，于是给以前工作的出版社打了电话，请同事帮忙查出其住址和电话号码，结果与自称木村翔子的人留下的号码不一致。她鼓起勇气拨打那人留下的号码，才知道是酒店的电话。她察觉佐仓翔子用假名登记住进酒店。

后来，当有介把一切都告诉她时，她明白有介剩下的那个朋友是佐仓翔子，有介的刻意隐瞒进一步证实了她的猜测。刚才刑警又告诉她，剩下的那个人很可能是女人，这让她断定，那个人就是佐仓翔子。

小夜子来到翔子的房门前，调整呼吸后按响门铃。过了几秒钟，门静静地开了。

“我一直在等您。”翔子迎了出来。

小夜子感觉她把自己从头到脚打量了一番，大概在看这样一个女人是否配得上有介。小夜子觉得翔子比电视上漂亮得多。

“晚上好。”相比之下，小夜子觉得自己逊色许多，愣了好一阵才打招呼。

翔子把她请到客厅，从那里可以眺望夜景。沙发呈直角摆放，茶几上放着一瓶白兰地和几个玻璃杯。

“您喝点吗？”翔子问道，小夜子摇头不语。翔子看看她的肚子，哼了一声说道：“唔，想起来了。喝酒对胎儿不好。”

有介跟她说了自己怀孕的事情——这让小夜子有些不快。

翔子把酒倒在杯中喝了一口，然后长出一口气。“您要找我说什么？”

“我想知道昨晚到底发生了什么，你跟他在一起，对吧？”

翔子把杯子放到茶几上，望着斜上方，连看都没看小夜子。“看来瞒也瞒不过去。是的，我们是在一起，一起对付那个怪物。”

“我丈夫怎么死的？”

“怎么死的……他是被枪打死的。”

“为什么只有我丈夫……”

“咦？”翔子把目光转向小夜子，“这是什么意思？”

“为什么只有我丈夫被杀，而你还活着？”

小夜子目不转睛地盯着有介昔日的恋人。为什么只有他被杀？这是她最大的疑问。她想亲自弄明白，所以决定不借助警方的力量，孤身来找翔子。

“那个嘛……只能说是命运的安排。”翔子微微耸耸肩，“当时他拿着枪，这你听说了吧？那个女人朝他开枪时，他也开了枪。那个女人摇摇晃晃掉到河里，目前好像还没找到尸体，但应该没救了。正因如此，才只有我活了下来。”

小夜子摇摇头。“有介不会朝别人开枪，这一点我最了解。”

“可那时别人就要朝他开枪了，在那个时候，就算再软弱的人都会开枪的！”翔子好像非常生气。

看到她的反应，小夜子更加坚信自己的直觉。“不，如果有人要向他开枪，他一定先想到逃跑，而不是和对方正面冲突。他的性格就是这样。”

“但他确实开枪了！我已经说了，肯定没错。”

“我认为是你向那女人开了枪。”小夜子语气极坚决地说。

佐仓翔子狠拍桌子喊道：“你有什么证据？”

“我就是知道。有介的一切我都了解。”

“胡说！”翔子将杯中的酒向小夜子泼去，“别以为你和有介结了婚就可以这样得意。你知道什么！我和他才是把灵魂卖给魔鬼的患难之交，那魔鬼就是兴奋剂。我比你更了解他的一切！”

“既然是患难之交，为什么扔下他不管？”

“什么？”

“警察说，虽然有介腹部中枪，但如果及时送到医院也许有救。你却把他扔在那里，自己逃跑了。到底为什么？”

翔子移开视线，低下头，手在膝盖上摆弄着什么。

“你趁我丈夫被枪打中快要死的时候，把所有罪过都推到他身上……”刚说到这里，小夜子忽然停了下来，一个从未想过的念头在脑中一闪而过，“也许，是你把他……”

翔子忽地抬起了头。她看着小夜子，眼中充满敌意。正当小夜子感到危险时，翔子举起了刀。

41

少女醒来时，夜已经深了。

她躺在一辆货车的车厢里，周围堆满纸箱。车开动了，发动机的声音吵醒了她。

她这才记起，从河里爬上来后，她迷迷糊糊走了一会儿，看到河堤旁停着一辆货车，便钻进挂着车篷的车厢。

后来她昏了过去，那时正是清晨，她已昏睡了十几个小时。

她慢慢坐起来，感到左侧肋骨钻心地疼，沉重的疲惫感袭遍全身。她根本没想到佐仓有枪。她一直以为日本不允许私人拥有枪支。在河里时，她脱去了妨碍游泳的黑夹克，现在身上只剩下黑色紧身衣和短裤，还光着脚。

她起身窥视驾驶室。开车的是个中年男人，旁边没有人。

她躲在纸箱后面，用拳头敲了敲驾驶室后的隔窗。过了一会儿，车停了下来。中年男人爬进车厢，开始检查货物，越走越近。她忽地站了起来。中年男人大惊失色，不由倒退几步。她朝男人两腿间猛踢过去，男人呻吟着蹲下。她趁机按住男人的头，朝车厢猛撞，男人昏死过去。

她脱下男人的灰色工作服，套在紧身衣外。衣服很短，但比较宽松，勉强能穿上。她又脱下男人的运动鞋套在脚上，戴上和工作服口袋颜色相同的帽子。左侧身子又剧烈疼痛起来，她只好趴在车厢里，等待疼痛缓解。

货车停在道路左侧。她跳下车查看周围，并没认出是什么地方。她又钻进驾驶室，在那里找到一本地图。那图她已看过多次，立刻便找到了佐仓翔子的住处。她撕下那一页。

这时，她从后视镜里看到一辆小汽车在后面停下，一个年轻男人从驾驶室走了出来。她随即走出货车。年轻男人正在路边的自动售货机买烟，车没有熄火。

她悄悄走近那辆车，迅速坐进后座，压低身体。不一会儿，年轻男人打开车门坐上驾驶座。她猛地坐起，伸出右手扼住男人的脖子。男人发出一声惨叫。

她拿出地图，把佐仓的住处指给他看。

"这里？你要去这里？"

她点点头，又把左手放到男人的脖子上。

男人瑟瑟发抖。"知、知道了，别掐我的脖子。品川就在附近。"

男人担心若猛踩油门，产生的惯性会让脖子卡得更难受，便非常谨慎地发动了汽车。

少女感到剧烈的疼痛随时会让她丧失意识。她竭力保持清醒，双手一直没有离开男人的脖子。

42

佐仓翔子完全丧失了理智，举刀扑向小夜子。小夜子拼命朝大门跑去，可翔子快得像豹子一样，刹那间挡住去路。

“休想从我手里逃走！”翔子的嘴唇已扭曲变形，“连旋空翻都难不倒我，像你这种蠢女人，怎么会比我快？”

“就算你杀了我，也没法处理尸体。”小夜子边后退边说。

“哼，总会有办法的。我可以把你大卸八块，然后用快递寄到你家。”翔子狞笑道。

“你疯了！”小夜子摇着头，“别过来！再过来我就喊了！”

“你尽管喊，这里的隔音设施非常好，甚至可以练唱歌。哦，也许外面会听到一点声音，不过别人会以为我在上声乐课呢。”

小夜子喊了两声救命，可是焦躁的情绪让她根本发不出声。

“我来这里，警察是知道的。”

“你以为这么低级的谎言骗得了我？”

翔子再次扑来。小夜子慌忙躲来躲去，随手抓起看到的东西朝翔子扔去，可过度的恐惧让她的手根本不听使唤，屋里东西乱飞，却没有一件砸中翔子。

“还是停手吧，你无路可逃。”翔子举刀一步步逼近。小夜子已被逼进卧室。

“不！”

“哭吧，瞧你这副德行！穿着孕妇服，是想在我面前炫耀吗？告诉你，这把刀是有介的，是他为杀人准备的。现在我要用这把刀结束你的性命，也算遂了你的心愿吧？”

话音未落，翔子便扑上来。小夜子死死抓住她握刀的手，两人一起倒在床上。

可论体力，小夜子根本不是翔子的对手。

完了！她绝望地闭上眼睛，然而在潜意识里，为了不让肚子里的孩子受到伤害，她仍绷紧身体。

忽然，她听到一声惨叫。睁眼一看，翔子已被三个男人死死按住。

“啊……刑警先生。”

那些人正是昨晚去过她横滨娘家的刑警。那个姓根岸的人给翔子戴上手铐。

“佐仓翔子，现在我们以杀人未遂嫌疑逮捕你！”

“不，不！”翔子哭喊着。

根岸厉声喝道：“不许乱动！”

“没受伤吧？”

“嗯，没事。”小夜子定了定神，站起身来，“您是怎么找到这里的？”

“我们在调查案发现场的那辆车时找到了线索。那种车本就不多，再把嫌疑人的范围缩小到体育界，很快就只剩下佐仓翔子。”

“这样啊。”

“我们想出其不意，就请公寓管理员打开了门禁。在门外听到里面有奇怪的动静，便让人用备用钥匙打开了门。”

“多亏了你们。”小夜子感到浑身的力量都被抽空了，几乎瘫倒在地。

“轮到我们问您了，您怎么会在这里？”

“唉……我会把一切都告诉你们的。”小夜子说着垂下头。

根岸带着翔子，紫藤跟着小夜子，同来的年轻刑警拿起对讲机准备联系警车。

“请先不要叫警车。”翔子尖声说道，“从这里出去前，我要补补妆。还有，请你们让警车开到地下车库，我可不想戴着手铐从公寓大门走出去，绝不！”

年轻刑警面露难色地看向根岸，根岸点了点头。

43

紫藤和根岸坐在客厅的沙发上等待，那个姓高山的年轻刑警监视着翔子。

似乎是为保护胎儿，日浦小夜子弓着背坐在那里，脸色苍白。紫藤想，她一定受到了很大惊吓。

紫藤怎么也想不明白她怎么会找到这里，但她竟然瞒过警察找到翔子对峙，这让他体会到她对丈夫的深情。

紫藤不禁在心中说道：“你真傻！”他是替日浦有介说的。如果有介还活着，一定也会这么想。

翔子化好妆，走出了房间。

看到她的一瞬间，紫藤不知说什么好。宛若洋娃娃的妆容，加上她阴郁的表情，散发出诱人的魅力。

她对刑警们说：“久等了。”

根岸问她：“现在可以叫警车了？”

“嗯，不过要是开到公寓正门，我可不出去。”

“知道了。”根岸示意高山打电话。

在电梯里，紫藤对翔子说："我们有很多问题要问你。"

翔子看也没看他一眼。"我没什么可说的。"

众人来到地下车库，警车还没到。高山想联系确认位置，便朝入口走去，剩下的四人站在电梯门口。

根岸拿出烟点燃，狠狠吸了几口，身边顿时烟雾缭绕。

翔子忽然问道："尸体找到了吗？"

紫藤应道："你是说日浦有介？"

"不。"她话音刚落，不知从哪里传来男人的呻吟声。

紫藤和根岸对视一眼，根岸不安地问道："什么声音？"他望向高山离开的方向，可那条路向左拐去，无法看清。

"我去看看。"紫藤循声走去。

车库里有灯，但光线很暗，通道两边停满高档车。

刚转过拐角，紫藤便看到有个人倒在地上。他跑上前一看，是高山！血从他的后脑流了出来，但还有呼吸，只是昏了过去，身边有一根锈迹斑斑的铁管。紫藤翻开他的上衣——枪不见了！

紫藤站起大喊："那个人在这里！快上电梯！"

他没听到根岸的回答，只听见两个女人哭喊的声音，是日浦小夜子和佐仓翔子！他拼命朝发出喊声的方向跑去。

他赶到那里，一个恐怖的巨大黑影顿时映入眼帘。黑影从后面扼住根岸的脖子，小夜子和翔子正向和紫藤相反的方向跑去。

"松手！再不松手我开枪了！"紫藤掏出手枪。可那人离根岸太近，他根本无法扣动扳机。

少女似乎也看出了这一点，慢慢伸出另一只手向紫藤探来。那只手上握着一把枪！

紫藤意识到危险，连忙闪身躲到旁边的车后。紧接着枪声便响了，但并未打中他。

紫藤探出头，看到根岸倒在电梯前面，便弓着身子跑近。他担心刚才开枪会伤到根岸，好在根岸和高山一样，只是头部有被枪托砸中的痕迹，没有中弹。

紫藤拿着枪慢慢离开那里。周围全是车，不见人影。小夜子、翔子和那个少女都不知藏在哪里，但那少女一定在伺机而动。

紫藤接着往前走，周围忽然暗了下来。少女把车库的灯关掉了。紫藤赶紧伏低身体，屏住呼吸。

他捕捉着周围的动静，但完全察觉不到人的存在。汗珠从额头顺着脸颊流下来，嘴唇却干得要命。

紫藤调整呼吸，谨慎地留意着脚步声，继续往前走。他知道那个少女一定正在黑暗中做着行动的准备。

他眼前又浮现出刚才袭击根岸的身影。

那身影庞大得远远超出他的想象。她身体非常结实，一看便知经过专业训练，不愧是仙堂之则倾注所有精力打造出的机器。

紫藤屏息跪在地上，仔细确认车与车的间隙。恍惚间，他产生了一种正置身于一片墓地中的错觉。

忽然，身旁的车对面发出轻微声响。他停下仔细聆听，听到了微弱的呼吸声。

他舔舔干涩的嘴唇，握紧手枪，深吸了两口气后飞快地跳到车子对面。

对面发出“啊”的叫声，两个小小的身影正蹲在墙边。紫藤定睛一看，是日浦小夜子和佐仓翔子。

他朝两人轻轻点点头，把枪口朝向地面。

这时翔子喊道：“杀了她！快把她杀掉！”

“别出声！”紫藤低声提醒翔子，忽觉周围的空气动了起来。他扭头四下张望，发现在两辆横向停放的汽车阴影处，一个巨大的身影正持枪站立。

“快趴下！”

他话音刚落，对面的枪口便冒出火光。子弹击中混凝土墙，翔子随即发出尖锐的惨叫声。

紫藤举枪瞄向那女人，她却像野兽一样飞速跳到一旁。

“啊！啊！我的腿！疼，疼！”翔子抱着膝盖痛苦地呻吟，血流了下来。子弹擦伤了她的腿。

“别动！”紫藤边说边从汽车的缝隙间走出，环顾四周，却不见那少女的踪影。

躲到哪里了？他正疑惑着要放下枪时，忽觉头顶有物体移动。一股巨大的重量随即朝他压来。他感到胳膊和上半身被紧紧缚住，动弹不得。

紫藤正奋力挣扎，对方忽然又消失了。他刚要松口气，却发现身体竟然离开了地面。他未及反抗便被抛向混凝土地面，顿时全身发麻，连呼吸都停止了。

他咬紧牙关，竭尽全力想爬起来。这时他看到那少女正朝小夜子她们走去。和刚才的敏捷截然不同，少女此时迈出的每一步都极其沉重。

翔子惊叫起来，小夜子则蹲在原地，眼睛圆睁。紫藤离得很远，但仍能看出小夜子吓得浑身发抖。

少女走近她们，慢慢掏出手枪。

紫藤急忙寻找自己的手枪，发现掉在约一米开外。他使出浑身力气去够那把枪。

这时，一个念头闪过——来不及了！

翔子再次发出尖叫，极度的惊恐使她的声音都变了调，听起来尖锐而凄厉。她试图逃跑，可那条伤腿根本不听使唤。

“救命！求求你，救命！”翔子像虫子一样蠕动，一个劲往小夜子身后躲。

小夜子仍然不停颤抖着。她睁大眼睛，看着这个高得几乎碰到屋顶的女巨人一步步逼近。她感到一股和刚才差点被翔子杀掉时完全不同的恐惧感，在如此强大的恐惧面前，她早已放弃抵抗。

少女面无表情地把枪口对准她们。

小夜子感到绝望。完了，一定会被打中。她闭上眼睛，眼泪流了下来。

但枪声并没有响。时间仿佛凝固了一般。小夜子睁开眼睛。

她看到那个身材庞大的少女正慢慢弯下腰，两条长长的胳膊朝她伸来。她倒吸了一口气，难道她要掐死自己？

她担心的事并没发生。少女眼里充满忧伤，似乎要诉说什么。

接着，少女的嘴动了起来，一个微弱的声音传进了小夜子的耳朵。

“什么？”小夜子话音刚落，便听见一声枪响。少女猛地后退一步。接着，又响起了第二声。

少女双膝一软，像电影里的慢镜头一样慢慢跪在地上，但没有倒下。她眉头微皱，咬着嘴唇，仍想向前挪动。不知为何，她一直看着小夜子，胳膊拼命向前伸，手指不停地动着，好像是在渴求什么。

终于，她耗尽了所有力气，轰然倒地。

紫藤无力地垂着握枪的右手，摇摇晃晃地走过来。“你没受伤吧？”

“嗯。”小夜子点点头。

紫藤收起枪，低头看着倒在地上的女巨人。他喘着气，自言自语道：“我终于可以回山梨交差了。”

小夜子目不转睛地盯着死去的少女，摸了摸自己的小腹。刚才少女伸出手来，正是要摸她的小腹。还有，那个少女说的是：

Baby……

她似乎听到少女说“Baby”。

她不知道那少女最后为什么会那么说，也许只是她听错了？

小夜子想不明白。

黑暗中，警车闪着红色的警灯缓缓驶来。

图书在版编目(CIP)数据

美丽的凶器／〔日〕东野圭吾著；花超译．—2版．
—海口：南海出版公司，2014.10
（东野圭吾作品）
ISBN 978-7-5442-7468-5

Ⅰ．①美…　Ⅱ．①东…②花…　Ⅲ．①长篇小说－日
本－现代　Ⅳ．①I313.45

中国版本图书馆CIP数据核字(2014)第229411号

著作权合同登记号　图字：30—2011—104

美丽的凶器
〔日〕东野圭吾 著
花超 译

出　版　南海出版公司　(0898)66568511
　　　　海口市海秀中路51号星华大厦五楼　邮编 570206
发　行　新经典发行有限公司
　　　　电话(010)68423599　邮箱 editor@readinglife.com
经　销　新华书店

责任编辑　张　锐
特邀编辑　黄莉辉
装帧设计　宋　璐
内文制作　王春雪

印　刷　河北鹏润印刷有限公司
开　本　890毫米×1270毫米　1/32
印　张　7.5
字　数　167千
版　次　2011年8月第1版　2014年10月第2版
印　次　2025年3月第20次印刷
书　号　ISBN 978-7-5442-7468-5
定　价　32.00元